QUATRO TEMPOS
E UMA VIDA

Editora Appris Ltda.
1.ª Edição - Copyright© 2021 dos autores
Direitos de Edição Reservados à Editora Appris Ltda.

Nenhuma parte desta obra poderá ser utilizada indevidamente, sem estar de acordo com a Lei nº 9.610/98. Se incorreções forem encontradas, serão de exclusiva responsabilidade de seus organizadores. Foi realizado o Depósito Legal na Fundação Biblioteca Nacional, de acordo com as Leis nos 10.994, de 14/12/2004, e 12.192, de 14/01/2010.

Catalogação na Fonte
Elaborado por: Josefina A. S. Guedes
Bibliotecária CRB 9/870

S586q 2021	Silva, Maria Ferreira 　Quatro tempos e uma vida / Maria Ferreira Silva. - 1. ed. - Curitiba : Appris, 2021. 　　149 p. ; 23 cm. 　ISBN 978-65-250-1356-5 　1. Ficção brasileira. 2. Educação. 3. Liberdade. I. Título. 　　　　　　　　　　　　　　　　　　　　　　　　CDD – 869.3

Livro de acordo com a normalização técnica da ABNT

Appris editora

Editora e Livraria Appris Ltda.
Av. Manoel Ribas, 2265 – Mercês
Curitiba/PR – CEP: 80810-002
Tel. (41) 3156 - 4731
www.editoraappris.com.br

Printed in Brazil
Impresso no Brasil

Maria Ferreira Silva

QUATRO TEMPOS
E UMA VIDA

FICHA TÉCNICA

EDITORIAL	Augusto V. de A. Coelho
	Marli Caetano
	Sara C. de Andrade Coelho
COMITÊ EDITORIAL	Andréa Barbosa Gouveia (UFPR)
	Jacques de Lima Ferreira (UP)
	Marilda Aparecida Behrens (PUCPR)
	Ana El Achkar (UNIVERSO/RJ)
	Conrado Moreira Mendes (PUC-MG)
	Eliete Correia dos Santos (UEPB)
	Fabiano Santos (UERJ/IESP)
	Francinete Fernandes de Sousa (UEPB)
	Francisco Carlos Duarte (PUCPR)
	Francisco de Assis (Fiam-Faam, SP, Brasil)
	Juliana Reichert Assunção Tonelli (UEL)
	Maria Aparecida Barbosa (USP)
	Maria Helena Zamora (PUC-Rio)
	Maria Margarida de Andrade (Umack)
	Roque Ismael da Costa Güllich (UFFS)
	Toni Reis (UFPR)
	Valdomiro de Oliveira (UFPR)
	Valério Brusamolin (IFPR)
ASSESSORIA EDITORIAL	Lucas Casarini
REVISÃO	Andrea Bassoto Gatto
PRODUÇÃO EDITORIAL	Jhonny Alves dos Reis
DIAGRAMAÇÃO	Bruno Ferreira Nascimento
CAPA	Sheila Alves
COMUNICAÇÃO	Carlos Eduardo Pereira
	Débora Nazário
	Karla Pipolo Olegário
LIVRARIAS E EVENTOS	Estevão Misael
GERÊNCIA DE FINANÇAS	Selma Maria Fernandes do Valle

OFERTADO A TI, MEU PAI, A ETERNA HOMENAGEM POR QUEM MERECE AMOR

LEOPOLDO FERREIRA PIQUIÁ

26/09/1932 – 24/07/2020
POR MARIA FERREIRA SILVA

As palavras aqui serão um instrumento emocional para mostrar que a vida terrestre não é mais possível, mas nada anula esta passagem; pode até ser reduzida ao mínimo com o passar do tempo, mas nunca deixará de ser presença pelo espírito.

Quando a morte chega e a vida terrestre já não é mais possível, as palavras se tornam o elo que entrelaçam dois tempos — o dos vivos e o dos mortos — e que mantém acesa a lembrança, a saudade e sobretudo o amor que se transmuta para ser vivido no tempo da memória e da espiritualidade.

Agora já não vejo mais o meu pai, nem o escuto falar, porém sigo com as minhas convicções. Penso que se pudesse assumir as suas palavras, naquele momento crucial, ele diria:

- Atado a este limite não vou poder passar a limpo tudo que ainda sonhava passar.

- Atado a este limite, não perdi a confiança na justiça daqueles que não conseguiram ser justos comigo.

- Atado a este limite e desarmado das minhas forças, deixo a sequência desta vida para abraçar a outra vida, na certeza que a minha construção tem bases sólidas para permanecer como exemplo.

- Atado a este limite orgulho-me em dizer que força, fé e perseverança naquilo que almejei para mim e para os outros foi a minha bandeira constante aqui nesta terra.

- Atado a este limite abraço agora a imensidão do céu, da terra e da natureza, na esperança que a humanidade se envolva no princípio do respeito, que é um bem essencial e que o seu desuso me trouxe consequência drástica.

- Atado a este limite deixo com extrema objetividade que eu vivi o sentimento de irrealidade naquilo que sempre sonhei ser realidade, JUSTIÇA!

- Agora atravessarei a morte e ainda que não a compreenda seguirei na paz do meu espírito.

À minha grande amiga, professora Edith Menezes (in memoriam).

Mais estranho de como
Nasceu em mim um amor
Foi a reação da minha amiga,
No dia em que resolvi com ela conversar!
Falei do sentimento estranho,
Da minha resistência em aceitar.
Ela respondeu-me
Que estava com inveja de mim,
Pelo segredo que acabara de contar
Sentimento tão grande assim
Só nas páginas de um livro
Se pode revelar,
Que já estava tão ansiosa
Para ler este livro e poder apreciar.
Mas a morte veio sem avisar
Escolheu minha amiga para levar
Para longe, para o infinito
Antes deste livro eu publicar
No jardim do paraíso.
Quero agora apresentar,
Destinado a todos, mas dedicado a ela,
Esta escuta do passado
Que não dá mais para confabular.

AGRADECIMENTOS

Para transformar aquilo que via no interior em um processo de libertação, tive o tempo todo a companhia dos meus pais, célula mãe desta produção a quem aqui mais agradeço.

Meus agradecimentos a algumas pessoas, que considero terem sido a fontes de minhas forças nesse encontro comigo mesma, pela motivação, contemplação e sucessão de apoios durante a produção deste material. Entre elas cito:

Maria de Fátima Ferreira Rodrigues — minha irmã,

Maria D'Céu de Lima — minha amiga,

Maria do Socorro Queiroz — minha amiga.

Meu agradecimento a Maiza, "minha irmã e meio filha", psicóloga, a quem, de certo por medo, sem uma razão fundamentada, deixei para recorrer por último. Agradeço pela sua criteriosa revisão que possibilitou chamar a minha atenção para alguns detalhes na escrita e arte, através de um profundo chamamento.

Agradeço também àqueles que não demonstraram incentivo algum, por reconhecerem que o universo da escrita não alimenta sua alma e o seu incentivo seria uma hipocrisia.

Agradeço igualmente àqueles que, por descrédito financeiro, não viram relevância na minha persistência, que se caracteriza por outra dimensão. Foi por força que me alicercei de luz e sabedoria para desatar os nós da vida, fazendo valer lição preciosa: insistir sempre, a despeito de tudo. Obrigada, meu Deus, pela presença.

Sou muito grata ao Centro Espírita Jardim Evangélico Bezerra de Menezes, que me acolheu em um momento de muitas dúvidas, dores e interrogações.

Assim, entendo que devo agradecer a todos que, direta ou indiretamente, deram a sua parcela de contribuição para a concretização dessa publicação. Todos motivaram o meu transcender, para além das condições de realizar um projeto pessoal significante em si. De fato, não se trata de negócio que vise o lucro financeiro, mas que é, acima de tudo, uma aspiração.

Obrigada, meu Deus, pela presença permanente em tempos tão difíceis! Estiveste comigo em todos os lugares: em casa, na igreja, no centro espírita, nas páginas desta publicação. Tua força e a Tua magnificência não me deixarão desistir jamais.

Aqui, debruçada sobre a minha coragem, navego na minha veia poética e, filosofando à sombra da escrita — dialogando com minha própria companhia —, pergunto-me como foi possível, por uma espécie de maternidade, dar à luz este primogênito.

APRESENTAÇÃO

Há mais de seis décadas nascia mais uma menina em Nova Betânia, pequeno distrito do município de Farias Brito, no Cariri cearense.

Ainda sob o efeito das cruas dores do parto, a mãe falou quando da sua chegada: "Salve! Será Maria!". E o pai complementou: "Será professora!". Sob a luz do amor veio ao mundo essa valente e destemida menina, que muito cedo descobriu uma missão para a vida, que iria além daquele viver em um lugarejo no campo.

O que é descrito sob a forma de contos mostra que essa menina teve a força de se opor e a capacidade de superar limitações.

Eis aqui uma sequência de acontecimentos que ficaram guardados na memória para não serem esquecidos, e que aqui são narrados cronologicamente.

Essa menina é a imagem precisa desse lugarejo, por sua condição singular. Foi acometida de pólio com 1 ano e nove meses. As vozes dos animais domésticos, o canto dos pássaros, o tum-tum da mão do pilão, o barulho do martelo para amolar a enxada, a gritaria das crianças a brincar pelos terreiros, tudo descreve seu modo de vida na primeira infância.

Uma menina simples, uma destemida mulher e um grande amor em um tempo inimaginável traduzem a sua capacidade de superar as limitações que a vida lhe impôs. O pensamento sobre as relações, voltado para um tempo e um mundo, é traduzido pela convicção de que tudo que é visto e vivido pode ser memorado.

Nesse conjunto, quatro contos têm as suas palavras, os seus feitos e a sua arte.

O desafio de expor sua vida traz para uma reflexão profunda a trajetória profissional, as dificuldades decorrentes da deficiência física com seus "inerentes" preconceitos, e a ousadia de se apaixonar em um tempo já não mais "conveniente".

O propósito é oferecer ao leitor uma viagem por meio de fotografias imaginárias, marcadas por momentos significativos, de modo a promover uma leitura prazerosa e inspiradora.

Os dramas e os conflitos adquirem intensidade na última parte, em que um conto, como uma narrativa reflexiva, transcende seu horizonte e permite ir muito além da consciência.

A reflexividade aqui é a raiz para fazer replantar outra consciência de mundo e outra consciência de si. As memórias ganham vida nessas pequenas histórias das vivências de um tempo passado vivido e aqui relatado, porque a vida não é estável, tampouco imutável. Assume formas e contornos conforme o passar das eras, podendo, assim, impulsionar novos desejos.

PREFÁCIO

As palavras não bastam

Acolho a ideia de prefaciar o livro de autoria de **Maria Ferreira Silva** como se acolhe a uma notícia alvissareira que promete resultados amorosos e que nos enche de felicidades por sua audácia, por sua capacidade de transigir, de superar um destino que de fato não era o seu.

Não me refiro a ganhos econômicos que ela possa angariar, embora eles sejam, também, importantes. Refiro-me aos registros que decorrem de suas experiências de vida, assim como aos valores pouco lembrados numa sociedade de consumo exacerbado, em que a celeridade do tempo troca o perene pelo frugal, mas que a autora traz de forma singela em seu texto.

Ao ler os seus escritos lembrei-me de outras escritoras brasileiras, mulheres simples, em geral dos interiores, em sua maioria professoras ou donas de casa que, em algum momento de suas vidas fizeram uso da escrita como um passaporte para a liberdade, tornando-se escritoras reconhecidas, como Cora Coralina e Adélia Prado, e até mesmo mulheres simples da cidade, como Carolina Maria de Jesus, moradora da favela Canindé, em São Paulo. Não há aqui profecias, mas quem decide o seu destino é quem o escreve e a autora escreve com a força da sua vontade e com a *ode* da sua imaginação.

É possível afirmar que a escrita de Maria Ferreira Silva traz as dores e as alegrias do cotidiano típico da vida camponesa, do quadro social das pequenas cidades interioranas e de ciclos migratórios de sujeitos sociais em direção às grandes cidades, o que se materializa num tecido elaborado ao sabor da memória e, por conseguinte, comporta continuidades e descontinuidades, inteirezas e fragmentos.

Traz, também, experiências profissionais, embates, confrontos, sensibilidades manifestadas à flor da pele no contexto da escola e da vida. Nessa narrativa, a memória é um duplo de revelações e de silêncios contidos e, por vezes, até obscurecido, por situações opressoras. Porém, ao mesmo tempo, é criativo, alegre e promissor.

Nesta escrita descortinam-se cenários e cenas da vida cotidiana do mundo rural, numa época em que a ausência da energia elétrica e de outras tecnologias promovia um modo de vida em que o corpo a corpo era o elo necessário e fundante às relações, promovendo encontros e desencontros, solidariedades e fraternidades, em pequenas e grandes ações.

No contexto narrado pela autora surgem relações de trabalho aviltantes por sua exploração descabida, além de uma classe de pobres que buscava, com suas estratégias de sobrevivências, promover o encontro com o outro por meio de mutirões, adjutórios, trocas solidárias e simbólicas. São mulheres que fiam, costuram, moldam a argila para dar formas a alguidares, potes, panelas, utensílios em geral usados em casa; são homens que produzem alimentos e que auscultam a natureza para saber sobre a chuva e suas possibilidades de colheita, numa escuta cotidiana das forças da natureza que é, para muitos, desconhecida.

Uma história de vida sempre comporta outras histórias, e é por aí que a autora vai desdobrando páginas e personagens, tecendo cenas e acontecimentos, narrando fatos e construções que enredam muitas vidas e histórias: trabalhadores do campo e da educação, relações familiares e afetivas etc.

O enredo ganha conteúdo e forma, conferindo novos sentidos à vida e aos contextos nos quais as pessoas constroem suas rotinas estafantes, ou nos quais se entreabre o mundo infantil por meio de suas brincadeiras com objetos simples, ou, ainda, pelo envolvimento dessas crianças com os ciclos da natureza, plantas e animais.

Assim, as paisagens ganham um colorido e uma conotação especial desde o pôr do sol, com suas cores cambiantes, até o amanhecer, com sua claridade e soberba num mundinho, como denomina a autora, onde nascem e crescem crianças, animais e plantas banhados por raios de sol que calcinam os solos, ou pela chuva que chega abrandando o calor e trazendo tempos alvissareiros.

Na narrativa da autora, o mundo vivido e a natureza que o comporta ganham molduras que ora se juntam, ora se separam, para acolher diferentes realidades, conforme é a vida, que em sua expressão singela materializa a oração e o trabalho, o pão e a espera por dias melhores. Foi nesse percurso que transitou uma personagem que, como tantas outras mulheres, trilhou um caminho árduo, porém vitorioso, cuja libertação se dá na luta pela vida coroada agora com a escrita. O trajeto se revela no caminhar de uma criança determinada, de uma adolescente questionadora e de uma mulher politizada e ciente dos seus direitos.

A história revela uma personagem que tem sua expressão em tempo e lugar determinados, mas que pode simbolizar muitas outras personagens – Ana, Cristina, Sheila, Fátima, Francisca, Antonia, Alzenir, Socorro, Maria, Graça,

Maíza –, não importa o nome nem o lugar em que estejam. Vê-se, por meio dessa narrativa, mulheres em luta e em construção, no campo e na cidade.

No que tange ao trabalho e à profissionalização, a personagem segue um caminho comum, costumeiramente designado às mulheres, mas o comum pode tornar-se extraordinário, como o que a narrativa nos revela. A sua atuação profissional ganha matizes próprios, resultantes da sua vivacidade e da sua sensibilidade como professora alfabetizadora, como educadora, um trabalho que rende a si e aos seus alunos premiações e alegrias, embora pouca valorização pública, como é comum aos feitos nesse ofício.

Mas de que fato e de que valorização falamos? Seria contraproducente deixar cair no esquecimento as vidas tocadas pelas palavras e pelas letras, traduzidas no exercício do magistério pela dedicada professora. A mim cabe dizer: crianças e jovens foram tocados num processo de descoberta do mundo e seguiram em busca dos seus sonhos e até mesmo da superação de suas *vidas severinas*, com suas dores, suas angústias e sob o jugo da opressão, mas com um olhar mais claro, vivificado pela aprendizagem que somente a educação como prática da liberdade poderia proporcionar, como tão bem preconiza o educador Paulo Freire.

Ao leitor e à leitora sugiro seguirem na companhia da autora num diálogo em que se torne possível, a partir desse rico convívio, traduzir o seu mundo, *o nosso mundo,* um mundo plural.

Parafraseando Thiago de Mello, faz escuro, mas podemos cantar. Não porque as lutas possam ser pausadas, mas porque uma voz a mais de uma educadora ecoa com uma experiência exitosa: a voz de **Maria Ferreira Silva**.

Minha querida, não poderia deixar de registrar os aprendizados e as dores vividas juntas além das partilhas nessa consanguínea relação de irmã, uma irmã que, muitas vezes, fez também o papel de mãe. Crescemos juntas até aqui, nessa caminhada, como crianças, adolescentes, mulher, mãe e profissionais da educação. Muitos são os sentidos construídos e os desafios que a vida nos impôs e que enfrentamos lado a lado. Minha gratidão por tê-la em nossas vidas.

Com você, Maria Ferreira Silva, o meu espírito está em festa.

Fátima Rodrigues
Professora aposentada do Departamento de Geociências
e membro do Núcleo de Cidadania e Direitos Humanos
da Universidade Federal da Paraíba (DGEOC/NCDH/UFPB).

SUMÁRIO

UM MUNDINHO SERTANEJO 21

UMA MENINA DESCALÇA 39

UMA MULHER E AS SURPRESAS
QUE A VIDA LHE PREPAROU 65

UM QUERER CLAUDICANTE 101

POSFÁCIO 147

UM MUNDINHO SERTANEJO

Era uma vez...

... Um mundinho bem pequenino. Nele, quase tudo era proibido, pouco se podia e se devia fazer. O medo da liberdade era tão forte que tinha forma e era assim para ser limitado mesmo.

Para atribuir uma punição ao infrator usava-se o nome de Deus, que mais parecia um carrasco do que uma entidade do bem. E pelo desconhecimento e pelas crendices, era assim que ele acabava sendo assimilado. Não se podia fazer nada nesse mundinho porque tudo era pecado.

Nesse lugar miúdo, para se impor a disciplina e a instrução de vida aplicava-se o castigo, a pena, a repreensão. Este era o papel de pais e professores.

O êxito dessa cultura rígida custava muito caro às pessoas porque, alijadas do seu desejo e totalmente indefesas, tinham como única opção aceitar. Sem medida e limites, batia-se com chicote, cipó, chinelo, palmatória... tenho na memória imagens de cenas feias, deprimentes e tristes.

Neste mundo cheio de restrições não se aprendia a gostar do que queria, mas do que se podia. Tudo na vida acontecia de acordo com as convenções sociais e morais das famílias e, consequentemente, da sociedade do lugar.

Muitas vezes, os sonhos confundiam-se com as alegrias vindas de fora, por intermédio dos visitantes. Com eles vinham a moda da roupa, do calçado e outras tantas. Os comportamentos diferentes dos forasteiros e a relação com eles traziam para a comunidade novas experiências. O modo de vida de cada um confrontava o do outro, mas contribuía para alargar os horizontes de todos.

Vivia-se de forma simples e limitada neste mundinho sertanejo, prestava-se conta de tudo que se fazia. A religiosidade do povo não era apenas um sentimento de amor a Deus, era uma obrigação. E o descumprimento levava a julgamentos que causavam culpas e medos. A grande aventura para qualquer um era pedir licença para viver a liberdade. De tudo vivido neste mundinho, mesmo sendo da forma estreita como era possível, o que mais marcou a vida foi o amor em família. Ainda assim, o desejo de viver a liberdade absoluta, não com o propósito de desafiar a autoridade do pai e da mãe, mas como uma busca para muitas das inquietações, era desafio permanente.

As fotografias que ilustrarei desse mundinho são imaginárias. Imprimirão acontecimentos marcantes da vida e dos relacionamentos entre as pessoas.

A grandeza deste meu pequeno mundo é equivalente ao sentido dele: só é possível enxergar com os olhos da alma. Minhas memórias, aqui em pedaços, formarão uma galeria imaginária para mostrar momentos da minha infância e da minha intimidade com esse universo

Para ilustrar o amanhecer, o quadro é LATA D'ÁGUA NA CABEÇA

Em todo amanhecer de cada dia na comunidade, uma cena muito comum: fileiras de mulheres voltando do cacimbão com uma lata d'água na cabeça. Aquela ação oferecia um interessante espetáculo parecido com um formigueiro de deslocando. No perfil dessas manhãs, lá íamos, eu e minha mãe, buscar água no cacimbão. Era uma das atividades domésticas de maior importância da casa. Água é item obrigatório e imprescindível para realizar as demais atividades, como cozinhar, limpar, lavar... Água é a base de tudo, na vida diária de todo ser vivo. Esse ciclo concernente ao trabalho constituía, por vezes, alguns acordos de convivência; enquanto uma buscava água, a outra executava as demais tarefas.

Lembro que, em consequência da minha deficiência física, eu tinha muita dificuldade em equilibrar-me com uma lata d'água na cabeça. O andar irregular, inclinado para o lado esquerdo, dificultava sobremodo o equilíbrio. A sugestão proposta para tanto era usar uma cabaça.

Ah! Quantas cabaças quebradas! Quanto choro! E o medo de revelar o acontecido? Na passagem de momentos como esses aflorava em mim o entendimento de que, de alguma forma, eu era diferente... Ainda assim, um dos trabalhos colaborativos e mais ambiciosos era o de buscar água. Por quê? Pelo sentido de liberdade. O "sair de casa, encontrar amigas, saber das novidades", era muito mais que desfilar elegantemente com uma lata d'água na cabeça.

Aqui me detenho a relembrar as elegantes mulheres. Algumas se arrumavam como quem ia para uma festa: usavam batom, ruge, pó, faziam penteados no cabelo e exibiam um movimento gracioso ao andarem com a lata d'água. Para além da preciosa atividade, fortaleciam seu tempo de luta com a vaidade natural. A tarefa, para quem não tinha a mesma sensualidade era difícil! Minha vaidade que o diga! Os olhos fofoqueiros, bisbilhoteiros e preconceituosos eram verdadeiros holofotes.

Para viver um fim de tarde, o retrato agora é PÔR DO SOL

Aqui, a arte de ser feliz exigia sobrepor-se aos obstáculos e transformar o simples em belo e o corriqueiro em extraordinário.

O fim de tarde à beira do açude parecia instalar um mural com um sentido transcendente ao cotidiano. Mesmo sem a certeza de nada, sentia emergir dali uma energia cheia de sensibilidade, o suficiente para viver o momento, na calmaria do tempo e do lugar.

Ao fim do dia, com os raios do sol sobre o espelho d'água, seus movimentos oscilatórios, cheios de ondas formadas pelo efeito da luz. O produto final era uma enorme tela iluminada bem no centro do açude. Era lindo!

Visto pelo meu olhar como um espetáculo surpreendente da natureza, eu ainda experimentava, embalada pelo sentido do momento, formatar uma nova paisagem: a associação da vegetação de mofumbo, no entorno do açude, ia formar uma faixa com sombra e luz. Era divino! Trazia o sentido do dia vivido e da noite esperada. Tudo acontecia no mais puro silêncio. Naquele mesmo lugar, outro espetáculo ainda maior se formava: o habitual repouso das garças brancas e galinhas d'água sobre as moitas de mofumbo (cipoal), marcando o final do dia.

A imagem do pôr do sol e a sonoridade banhavam a alma de fantasia e de confusos desejos. O fascínio daquela celebração trazia uma sensação de paz, traduzida em solidão. Era uma dádiva para reflorescer a alma, a mais pura forma de compreender o sentido do simples e belo no mundo.

Os pormenores deste mundinho escondiam muitos significados. Para encontrá-los era essencial procurar em planos inacessíveis ao olhar, porque vigiado pelos olhos dos outros até os sonhos pareciam não nos pertencer.

Nesse entrelaçamento entre o trabalho árduo do dia a dia e os meios usados para colocá-lo em prática, a grande conquista era compreender sem esmorecer, para realizar com convicção. Havia um estado de amor que movia as nossas vidas e que atuava como essência formal em todos os aspectos.

O cenário simples da casa de taipa tinha muitos utensílios rústicos e artesanais. Esse ambiente de beleza desigual trazia felicidade e inquietação ao mesmo tempo. O hábito de mudar vez em quando tinha o prazer de dar uma nova roupagem.

Aprender a valorizar era indispensável para viver o essencial sem reclamar. Para dizer a verdade, foi aproveitando cada momento desses que eu descobri que eles tinham o sentido da vivência e o impulso por buscar outros propósitos.

Tudo era assimilado pela dureza cotidiana e se estabelecia como expressão do desejo de construir um futuro mais promissor. As atividades rotineiras no trabalho de homens, mulheres e até crianças tinham um aspecto distinto da cultura do lugar pelos movimentos que se formavam nas comunidades.

As celebrações, os rituais e até os padrões de consumo eram moldados na cultura da reciprocidade e do companheirismo. Isto se dava em virtude do modo de vida que levávamos. A busca de solução para as dificuldades exigia dividir, compartilhar a roça como um lugar onde se cultivava não somente o alimento, mas também a esperança.

Para retratar esse mundo com suas vicissitudes, segredos e sonhos, vale mostrar, por fotografias imaginárias, esse ninho familiar. Cada fotografia imaginária guardada deste meu mundinho é uma resposta a algum tipo de vivência.

O quadro na parede chama-se "REPARAR A ROÇA".

Reparar a roça era uma atividade laboral instituída, desde sempre, às crianças, como uma extensão do trabalho no campo. Constituía-se em tanger a passarada para não arrancar o legume recém-nascido, porém o que parecia um divertimento era uma tarefa de grande responsabilidade.

A pedra no caminho não era a aventura de cuidar que a passarada não comesse a plantação e, sim, entender que tirar a oportunidade natural deles de comer o plantio tinha o sentido de proteger "a sobrevivência da família".

Considerando que aquelas sementes espalhadas na terra eram migalhas, por um lapso do pensamento em defesa dos pássaros, meu olhar voltado sobre o sentido maior da plantação mostra que, "pela lei natural da vida", todos lutam individualmente pela sua sobrevivência. E salve-se quem puder.

Esta vertente da natureza mostra o quanto a vida é contraditória. Satisfazer dois sonhos tão diferentes ao mesmo tempo era uma tarefa impossível. E, nesse caso, o que era natural para um era prejudicial ao outro. Não fosse a confusão de sentimentos, minha participação não seria uma tarefa difícil.

Neste contraditório é possível entender "contexto roça" como algo provisório e excepcional. Guardo dessa atividade laboral sentimentos confusos. Não lembro se eu tinha noção do tamanho da responsabilidade, mas pelo cotidiano sabia da necessidade de contribuir com toda a dinâmica que envolvia a vida.

Desse mundinho sertanejo lá no Cariri lembro de muitas pendengas com o meio rural. O ajuste entre patrão e empregado começava pelo arrendamento da terra e seguia as etapas distintas de manejo: plantio, cuidado, divisão... Quando de um bom inverno, a probabilidade de uma boa colheita animava o sertanejo, mas quando faltava a chuva, a solução mais viável para todos era migrar para outras cidades e/ou estados. A música de Ademilde Fonseca, "Meu Cariri", reporta a esse tempo.

"No meu Cariri
Quando a chuva não vem
Não fica lá ninguém
Somente Deus ajuda
Se não vier do céu
chuva que nos acuda,
Macambira morre,
Xique-xique seca,
Juriti se muda...".

Desse torrão soberano só se levava saudade, poucos pertences e muita coragem para recomeçar a vida noutro lugar.

A mudança abrupta e indesejada causava muitas tristezas e sofrimentos, principalmente por ter de deixar a terra natal, desgarrar-se dos seus valores e da sua cultura, para tentar a sobrevivência em terras estranhas.

Vivi essa experiência na infância e ainda não estou preparada para dela falar.

Aproveitando o ensejo, agora o retrato imaginário é PROFETAS DE INVERNO

É certo que todo início de inverno o camponês abre o seu leque de sabedorias para tornar públicas suas experiências para aquela quadra chuvosa.

Em todos os lugares desse mundinho havia esses profetas. Eram pessoas sábias das quais não dá para deixar de falar. Entre Deus e essas pessoas existe uma relação aferida pela crença. Para eles, Deus é exemplarmente justo e tudo que determina está certo: não há espaço para reclamação.

Desde o princípio, as profecias têm alicerce divino, reconhecidas pela experiência de fé. Sobrevive descendentemente, de pai para filho, até os dias atuais.

Nesse universo, as experiências ficam asseguradas pelo vínculo familiar, como uma herança dos antepassados. Nas famílias havia as costumeiras rodas de conversas para prognosticar o "inverno". A predição, através da observância dos sinais da natureza, era comum para pai e mãe, pessoas dotadas de inteligência e sabedoria popular – e por essa vocação, marcavam pelos sinais um mapa ilustrativo para uma boa ou má quadra invernosa. Vejamos alguns: na posição do ninho de João-de-barro, o engenheiro do sertão; na presença dos cupins e das formigas; na floração de algumas plantas, como juazeiro, aroeira, mandacaru; nas datas em comemoração a alguns santos; em aspectos do tempo, como barras no poente e na nascente, direção dos ventos etc.

O prazer do homem rural com a roça diante das evidências com as suas experiências é algo sublime. Para estes profetas, o bem que ainda não conseguiu conquistar já é considerado um prêmio porque, pela fé em Deus, tudo é uma certeza. Mesmo quando falta o acerto, ante o sentimento de desânimo, esses homens encontram conforto naquilo que eles mais creem: "Tudo só acontece de acordo com a vontade de Deus".

O homem que se desencanta quando a chuva não vem é o mesmo que tem na fé o seu pilar de sustentação para acreditar que ela vem sim.

Para viver bem no campo a criatura precisa estar de bem com a natureza. O princípio primordial de cultura de subsistência, pode transformar a história do homem pelo seu ofício de plantar e/ou pela vocação e prazer com a lida rural, contudo o êxito nesse campo requer propósitos que não podem estar somente na força física do trabalhador e na sua fé em Deus.

O suporte dos governantes com ações de incentivos financeiros e a organização dos trabalhadores ainda são desafios a serem vencidos, possibilitando milhares de interrogações, a exemplo desta: por que o sertão está em toda parte do mundo e nele ainda mora a força da solidão? Para entender o que é ser um autêntico sertanejo é preciso adentrar suas raízes.

O homem do campo tem a terra como um estado de graça permanente, independentemente das circunstâncias boas ou ruins; ele sabe, inclusive, que a terra não é culpada de nada. Porém, seu desconhecimento no trato com o chão vivo pode receber influências contrárias. Ao assumir trocar os dons da natureza pelos artifícios da globalização ele assume os riscos de cometer seu maior pecado contra ele mesmo e contra a natureza.

A facilidade de limpar o roçado com veneno trocado pela dificuldade de limpar o roçado com a enxada é um pecado cometido hoje por muitos agricultores. Para além desse, existem muitos outros pecados, como o uso indiscriminado de fertilizantes, a queima da vegetação natural e troca das sementes naturais pelas transgênicas.

O sujo que fertiliza a terra deu lugar ao limpo, queimado e fertilizado artificialmente. A proteção que dá sustentação aos reservatórios naturais de água, como açudes, rios e riachos (destruídos pela ignorância) foi substituída por outras culturas impróprias para a função. Um crime! A maior ilusão do matuto valoroso foi se apaixonar por essas experiências e não querer mais se desvincular de um namoro prejudicial.

O exercício de convencimento acerca desse mundo se faz urgente. Se se conseguisse repassá-lo a toda a humanidade e deixar gravado na memória, a verdade contida em expressão de Paul Tavares (2002): "Tirem todos os homens da terra e as plantas continuarão felizes, sem notar sua falta. Tirem as plantas da Terra e os homens não sobreviverão". Essa é uma diferença importante que o homem ainda não conseguiu entender, salvo algumas louváveis exceções.

Incorporar o cuidado com a natureza como dever de cada um ainda parece algo distante. A perfeição da natureza, tragada pela concentração da riqueza na mão de poucos, amedronta o mundo das pessoas conscientes.

Para expressar o desejo do mundo do consumo, o homem sertanejo ainda se deixa levar por muitos artifícios que não libertam, traduzem moda, e a moda, como comportamento de qualquer tempo, é convite para fazer mudanças, troca de hábitos e de coisas.

No mundinho sertanejo, a lida por si era árdua e dificultosa, mas o amor à vida tinha propriedades distintas, impossíveis de se prescindir. Estou falando da essência que envolve esse mundo, da alegria e da satisfação com esses afazeres.

O lamento do sertanejo ecoava quase sempre de forma furtiva. A música que canta a natureza é a mesma que envolve de significados a sua vida porque, para além de espairecer, tinha o sentido de aclarar para novas aspirações. Ela figura em linguagem simbólica, mas acalenta alguns anseios, porquanto tem a representatividade do seu cotidiano.

Música que não se perde no tempo e não se desgarra do meio, que tem traços para marcar por toda a vida. Lembro-me de algumas canções que meu pai cantava, balançando-se em uma rede para nos fazer dormir: "Triste partida" (Patativa do Assaré), "Luar do sertão" (Catulo da Paixão Cearense/João Pernambuco), "Sabiá" (Luiz Gonzaga/Zé Dantas). Tudo a ver com o modo de vida do sertanejo.

Neste retrato de mundinho, essas e tantas outras cantigas que ainda hoje encantam ficaram marcadas pela qualidade, mas há um leque infinito de lindas composições falando das coisas do campo e do seu modo de viver; ninguém cantou tão bem sertão e suas coisas de lá quanto Luiz Gonzaga, o Rei do Baião.

Me embrenhei na música: "Uma pra mim, outra pra tu" (Luiz Gonzaga e João Silva), uma zoação para dividir mulheres entre dois amigos, falando de outra divisão. Música que chama a atenção para situação corriqueira desse mundinho: a partilha do legume. A música, pela sua expressão, dá sentido a outro tipo de partilha. Na divisão do legume, após a colheita usava-se a expressão "de três, uma", que significava: uma parte para quem planta e colhe e duas partes para quem arrenda a terra.

O exercício de cantar, assobiar e resmungar na hora da colheita era hábito comum, principalmente em dias de adjuntos. Aquele conjunto de vozes entoado em pleno roçado era a tradução do tamanho da satisfação.

Outro espetáculo que chamava a minha atenção era a dinâmica da colheita do arroz: pessoas usando um instrumento artesanal trançado entre os dedos colhiam o arroz numa rapidez impressionante. Esse jogo de competição momentâneo tinha o som das sementes nas mãos e na alma, o gosto de vitória.

Por trás desse momento escolhi o quadro VENHA A NÓS

A composição musical "Uma pra mim outra pra tu", de Luiz Gonzaga, uma espécie de brincadeira, abre aqui um apêndice para comparar uma situação da vida do homem do campo

O homem do campo vivencia noutra situação o movimento da divisão do trabalho e da utilização da terra por arrendamento, uma situação bem parecida. Mais do que ingênuo é um necessitado! Em algumas situações, esse homem se torna um subserviente. O proprietário, quase sempre visto como o bom senhor, em nome da paz e das suas vantagens, consegue transformar maldade em bondade. Ele, aquele comerciante que vende fiado para suprir as necessidades básicas da família do trabalhador, ocupa a posição de aliado.

Ao final do processo de colheita a divisão se dá mais ou menos assim "Uma pra mim, uma pra tu e outra pra mim!

Duas para quem não trabalha e uma para quem trabalha. Sem condições para a sua sobrevivência, o homem da roça fica atrelado ao VENHA A NÓS DO PATRÃO e ainda aceita como uma dádiva esse meio. Posso afirmar que esse regime de dominação ficou guardado na minha consciência como uma reserva que me acompanha graças às suas consequências.

Na parede de taipa o retrato é A ARTE DE FAZER ARTE NA SIMPLICIDADE DE VIVER

A vida tinha em sua simplicidade características bem peculiares. O mundo era totalmente desprovido de luxo. A casa era de taipa, as cadeiras e bancos eram de couro ou madeira rústica, feitos, na maioria das vezes, por pessoas da casa e/ou da comunidade.

Vasilhames de cabaça e de coité e utensílios de barro eram de uso comum em todas as residências. Minha mãe era uma exímia artesã com o barro. Em suas mãos a argila ganhava formas de pratos, bacias, potes, alguidares, gamelas e quartinhas.

Na rotina da casa outros tantos trabalhos artesanais, as mezinhas (emplastros, remédios caseiros) e sabões eram itens de primeira necessidade. Atividades tiradas do laboratório da sabedoria que chamavam a minha atenção.

A feitura do sabão era a mais exótica em virtude do ritual. O sabão feito em casa tinha ingredientes retirados da vegetação natural, o tingui. Da roça a mamona, a palha extraída do processo do pisar o arroz. Usava-se ainda a banha de porco e outras gorduras. A depender dos ingredientes utilizados, os sabões tinham cores diferentes. O modo de produzi era próprio de cada um. No caso da minha mãe, o processo tinha alicerce na crença popular.

Nos segredos do tempo havia a crença de que algumas pessoas tinham o "sangue ruim", por isso não deviam adentrar à casa no momento do cozimento do sabão. Essa convicção era embasada em superstições e, infelizmente, servia para justificar alguns preconceitos, como doenças, cor, raça, religião.

Não é possível negar que esse fenômeno era, de fato, estranho, mas é certo que se essas pessoas identificadas como de "sangue ruim" chegassem no momento em que se estivesse fazendo o sabão, a fabricação do produto ficaria comprometida. O sabão transbordava todinho e ninguém conseguia detê-lo dentro do vaso. Era algo meio esquisito.

Para evitar a fatalidade de ver essas pessoas chegarem de surpresa, a regra era deixar alguém de butuca na porta principal para evitar o constrangimento.

As ações da vida diária ganhavam ares de ritual pelo modo de vida local.

O pilão e o penico eram itens necessários à manutenção de toda a casa, portanto, eram os primeiros na lista de presente de qualquer casamento. O pilão é uma peça de madeira rústica com uma cavidade profunda, na qual se colocam os alimentos para descascar e/ou triturar com um bastão de madeira chamado "mão de pilão". **O processo de pisar no pilão era um jogo de movimento podia ser executado sozinho, em dupla ou trio. Um verdadeiro espetáculo rítmico!**

O pilão utilizado para socar quase tudo era uma verdadeira máquina, servia para processar todo tipo de alimento. Minha avó pilava arroz, milho e ainda fazia um suco concentrado, extraído do cajá ou da cajarana, que ela chamava de "mangusto". Nesse caso, o processo era distinto. Tinha de ser feito cuidadosamente para não salpicar o líquido no rosto de quem pilava. Depois de processado no pilão, passava-se o produto por uma peneira grossa. Em seguida, adicionava-se açúcar e leite. O modo mais comum do consumo era misturado ao cuscuz de milho, à farinha de mandioca ou mesmo tomar como suco.

Para mostrar a simplicidade desse mundinho ainda há muitos espaços a se adentrar. O momento me convida a percorrer aqueles quartos pouco iluminados pela luz artificial, mas cheio de surpresas para descortinar.

Com a rede eu tinha uma relação de cumplicidade. Deitada, abraçada ao meu lençol ela era minha grande confidente. Levava minhas lamúrias e as alegrias, cantava com o pé na parede e nela dormia. Quando de alguma represensão, era na rede que eu me refazia.

Os cuidados com a casa e a família dentro daquele universo cheio de labutas tinham uma espécie de identidade da minha mãe e acontecia sob as suas ordens e orientações.

Na simplicidade da vida, naquele universo, tudo era recheado de amor. Um ponto que chamava atenção era a organização da casa. Tinha o sentido de irrealidade quando comparado com outro mundo. Deixar-se levar pela sensibilidade, contudo, é encontrar nesses tempos outro estilo de vida.

As coisas não tinham as características da civilização, mas tinham a tradução do amor. Lembro muito bem dos exageros da minha mãe com a limpeza. Terreiros e terreiros varridos com vassouras de alecrim do campo, roupas lavadas todos os dias, copos bem ariados. Segundo ela, conhecia-se uma dona de casa por estes aspectos de limpeza.

Seu entendimento de ordem e organização tinha um detalhe curioso: rede armada sem uso era sinal de desleixo!

Neste meu mundinho, a vida compreendia a família e os seus afazeres. O dia inteiro era de trabalho para quem ficava em casa e para quem ia para a roça. Minha mãe, na tarefa de expressar o simples superou, muitas vezes, o sofisticado. Sem nenhum medo de enfrentar as dificuldades, frente a qualquer uma delas, tinha a resposta: "Quem não tem cão caça com gato!".

Sabia como ninguém dar realce às suas experiências. Suas mãos eram de fada para a culinária, as artes manuais com linhas, fios, barro. Contribuía com a economia da casa.

Do velho caderno de receitas retirei somente as raras e excepcionais:

Xerém temperado com coentro e cebolinha para comer com galinha caipira; torresmo ou queijo era prato para os domingos.

Mungunzá salgado, feito com milho pilado, feijão ou fava, pé de porco, carnes e temperos verdes, como cebolinha e coentro.

Cuxá – um tipo de purê feito com folhas da vinagreira, processado com leite de coco temperado com cebolinha e coentro. Aprendizado maranhense para os festejos juninos, trazido na bagagem, entre uma migração e outra.

Tapioca feita com amendoim torrado.

Cuscuz feito com massa de arroz e/ou de milho, misturada com amendoim torrado – delícia para tomar com café, ao lado da fogueira de São João.

Arroz doce misturado com amendoim torrado e adoçado com rapadura.

Nas sobremesas, os doces ganhavam lugar de destaque: de gergelim, feito com rapadura e temperado com pimenta-do-reino, para deixar um gostinho ardido; de amendoim com rapadura; de mamão; de banana; de leite; de melancia.

Discípula daqueles que me ensinaram a entender os desafios da vida como lições, faço agora uma analogia para mostrar que força e amor não têm sexo. Melhor exemplo são os meus pais. Quando colocados um frente ao outro, difícil é saber quem é mais forte e mais determinado. Pai ou mãe?

Dentro desse projeto de vida em comum, os dois tinham objetivos semelhantes. Repartiam os amores e as dores e colhiam com o mesmo prazer as realizações.

A vida compartilhada parecia não ter empecilhos.

A preparação para a chegada de um bebê seguia tradições e costumes e, diante daquele universo, contribuía para o essencial se transformar em belo.

O quadro na parede do quarto é MISSÃO DE AMOR

Esse momento da maternidade tinha etapas específicas e sistemáticas a serem cumpridas. A confecção do enxoval do bebê tinha o tempo de duração da gestação. Ele começava pela rede e seguia. Tudo começava pela colheita do algodão até chegar ao preparo total da rede, seguindo todo um processo artesanal. Fiar, tecer, bordar e montar com varandas e cordões. O caminho longo e a tarefa demorada surpreendiam pelo resultado. Uma obra-prima!

Este labor não era visto como um sacrifício. **Ante a chegada de um filho, apesar de merecer uma força-tarefa, todos se envolviam, com amor e dedicação**.

Minha mãe, mulher laboriosa, cheia de encantos, no delicado silêncio das horas vagas bordava cueiros, camisinhas, mantas. Fazia tudo costurado à mão, com barras, em ponto de bainha, para dar um estilo mais sofisticado.

A preparação do quarto onde ficavam mãe e filho(a) parecia um santuário da alma! Antes do parto, o quarto defumado com semente de alfazema queimada depurava o ambiente e tangia os maus fluidos para dar as boas-vindas ao bebê.

Esse clima de chegada gerava em mim um sentimento de meio-termo. Ficava entre a alegria da chegada e o drama de saber que tinha de ajudar a cuidar de mais um. Era um trabalho a mais e menos tempo para brincar, passeios e cuidados pessoais. Não posso negar que, apesar do clima de inquietude, havia um sentimento de afeição, proteção e cuidado muito grande.

Toda rotina da casa se transformava porque a força-tarefa era para atender as necessidades da mamãe e do bebê. O clima de silêncio para não assustar o recém-nascido e não perturbar o resguardo da genitora era obrigação de todos.

A alimentação da mamãe, regada à galinha caipira, acompanhada de pirão de farinha por quase todo período, era certo. E de sobremesa ainda tinha a rapadura, porque, segundo as crendices, servia para aumentar o leite materno.

Neste universo, muitas coisas chamavam atenção, mas duas eram bem marcantes: o recolhimento e a higiene da mulher.

Ela ficava abrigada no quarto, cumpria dieta e repouso pelo período de um mês. Tinha a vida restrita aos cuidados do bebê. Além disso, recebia as visitas. Nesse período, a mãe só tomava um banho completo quinze dias após o parto. Fazia apenas o asseio diário e só voltava a tomar banho completo com trinta dias. Esse traço incomum, não sei dizer em palavras, fugia às normas do comportamento da minha mãe, que era muito limpa e tomava, no mínimo, dois banhos diários. Entendo isso como uma renúncia forçada pelo benefício da maternidade.

Neste período de quarentena, a mulher tinha a acolhida das amigas e vizinhas, que contribuíam com ações de solidariedade. Esse pessoal, inclusive, ficava responsável por lavar as roupas do bebê e da mulher por todo o período do resguardo. Cada dia ficava sob a responsabilidade de uma pessoa.

Pensar nas histórias de vida levou-me a um mundo interior muito mais profundo.

O quadro agora é MISSÃO E INTROMISSÃO

Minha mãe é uma mulher guerreira. Teve 11 filhos e um aborto que, segundo ela, aconteceu por um desejo não cumprido. Todos os filhos nasceram de parto natural e em apenas três momentos foram realizados em maternidade; nos demais, teve atendimento de uma parteira em casa.

O tempo da gestação dela era de tormento para toda a família. Seus enjoos se estendiam por meses. O mau humor era extremo. Não suportava o cheiro de muitas coisas: comidas, perfumes, pessoas.

Uma mulher dedicada e uma vida aprisionada por muitos preconceitos. Mesmo assim, sem culpa ou medo, de vez em quando dava um basta à submissão.

O comando da casa, da educação dos filhos e o desvelo ao marido aconteciam num movimento transitório entre a casa e a roça. Em muitos momentos, mesmo sob o olhar do marido, o ato de decidir cabia a ela. Tinha mais habilidade para lidar com algumas decisões, principalmente as relacionadas ao rigor com os filhos na questão da educação.

Era mais tolerante com os anseios e desejos das filhas no que se referia à liberdade. Mesmo assim era muito rígida. Muitas frases ficaram gravadas na minha memória por serem respostas rotineiras. Quando pedia para ir a algum lugar, ela respondia com a seguinte frase: cachorro que anda muito adquire rabugem para si e para os seus donos.

As reivindicações tinham muitos provérbios como resposta. Engendrava sempre um motivo para não ceder às argumentações. Melhor não fazer tempestade em copo d'água e aceitar. E assim por diante. A estrutura rígida era uma característica no modo de vida das famílias e para escapar dessas condições era muito comum ouvir dizer que um rapaz tinha roubado uma moça para casar.

O pai era aquele senhor que tinha nas mãos o poder de decidir. Ele se mantinha naquela reserva para não dar oportunidade de ir além daquele limite. Uma conversa mais íntima, um papo como se diz, só acontecia com quem estivesse em uma situação ou estado inferior; algo comum às criaturas pequenas, os filhos menores, que não tendo questionamentos ou discórdia, ganhavam a doçura, a tolerância dos pais.

O traço autoritário de meu pai não o abandonava em momento algum, mas era principalmente na hora de entretenimento que ele prevalecia. O fator que mais contribuía para essa rudeza o machismo. Sutil e discreto, o autoritarismo era revelado em certas ocasiões, quando o homem podia e a mulher não.

A mulher se beneficiava desta particularidade quando preservada de desempenhar certos trabalhos; era considerada frágil principalmente em período de menstruação. O "incômodo" era um tabu cercado de proibições sem fundamentos, construído sob crenças remotas, tudo muito relacionado à religião. Era uma espécie de castigo. Cada família tinha o seu modo de lidar com essas crenças sem fundamento, motivadas quase sempre por alguma superstição.

Penso eu que, se Deus quis proteger a mulher, não deixou muito claro ao homem sobre o pecado do machismo.

A liberdade para conversar emoldura a sala com o quadro "MIOLO DE POTE".

Dentro dos marcos da liberdade, até a conversa tinha limite. Um testemunho verdadeiro de que o autoritarismo tinha efeito de opressão e era justificado como uma medida de educação. Isso acontecia quando o pai era questionado pelo filho, no momento de alguma reivindicação.

O pior de tudo era engolir calado e ainda fingir ser natural esse comportamento. As conversas, ideias e opiniões não incorporadas acabavam por se transformar em palavras cruas, por parte de muitos, como miolo de pote. Nos momentos de preparo para as festas e distrações, a conversa ganhava esse nome por se tratar dos acordos ocultos, de segredos e confidências.

Uma cena forte marcou o meu imaginário como uma espécie de ferradura. Eu tinha uma amiga que fumava escondido do pai. Um dia o pai avisado pelo irmão mais novo a surpreendeu fumando. De um jeito grosseiro e ignorante, aquele senhor arrancou a carteira de cigarros que estava entre os seios e a fez picotar vários cigarros, exigindo que os engolisse com água. O impacto dessa brutalidade foi tão forte que nem o tempo diluiu.

No momento da agressão eu não sabia o que fazer para amenizar a agonia da minha amiga. Envolvida por uma mistura de sentimentos, eu quis me retirar, o pai falou para eu ficar porque ela ia precisar de ajuda. O medo daquele monstro me fez obedecer. Só havia um modo de confortá-la depois do acontecido: conversar, afinal de contas, aquela realidade não ia mudar, senão por esforço dela.

No âmbito da família, o máximo que se podia obter era o apadrinhamento de algum membro — mãe, avó, irmãos, tios —, mas a conquista da verdadeira liberdade só podia acontecer mediante um processo de transformação.

Para viver a liberdade neste mundinho era preciso usar de coerência e ela tinha de vir ao contrário, ou seja, por meio das relações práticas providas de acordos. Entender esse transcorrer e transformar esse caminho era o que eu precisava para alcançar outro mundo.

Meu pai, semelhante aos demais pais quanto à liberdade, produzia discursos parecidos, mas tinha atitudes menos severas.

Tinha sempre um sorriso na aurora do dia e um canto no início da noite para marcar a alegria de viver com a sua família. Balançava a rede para botar os pequenos para dormir; sua melodia acabava por induzir o sono de todos. Cantar sempre foi uma diversão. Independentemente do cansaço do dia de trabalho, a sua seresta à noite funcionava como um sonífero.

Foi ele, na sua dureza e machismo, que me deu a primeira lição para viver a liberdade: "O seu direito termina onde inicia o direito do outro". Viver a liberdade plena nunca foi motivo para desrespeitar o outro, mas foi conquista para escolher o mundo que eu queria viver. A conquista da independência financeira veio como consequência, mas a concessão de um estado de confiança para eu decidir o que era melhor para a minha vida, veio dos seus ensinamentos.

Dentro daquela "armadura" florescia a alma de um pai protetor. Naquele tempo e naquele lugar, meu pai já tinha uma visão sobre o estudo que ia além de tudo e de todos que ali residiam.

Enquanto os "ricos do lugar" educavam seus filhos para a riqueza de bens materiais, ele nos oferecia, por meio do estudo, outra fortuna. Era um visionário. Naquilo que acreditava sobre educação, dizia, sem medo de errar, que a nossa maior riqueza tinha que vir do estudo. Ele sempre acreditou que pelo conhecimento podia-se chegar ao longe, mesmo não dispondo de condições financeiras efetivas, como no caso daquele mundinho e daquele tempo.

Foi assim, com o doce pensamento de que no estudo se encontra a felicidade, que meu pai não mediu esforços para que todos os filhos estudassem. Tinha a leveza do ser, estava na sua alma! Por isso mesmo, na hora das piores dificuldades, afirmava com muita convicção: Só há um caminho para se chegar à riqueza é pelo estudo.

O conjunto dos bens patrimonial e financeiro não deixa de ter sua importância, mas quando não é bem administrado pode tornar pobreza. Por sua vez, o estudo, quando adquirido e regido com responsabilidade, torna-se um "patrimônio permanente e intransferível", por isso é extremamente superior a qualquer outra riqueza.

No meio dessas conversas para abrir novos horizontes diante daquela escuridão, sua paciência para nos encher de esperança era impressionante. Na verdade, a paciência de meu pai era uma companheira inseparável. Entre esses fatos cheios de amor, ao mesmo tempo em que tinha uma postura enérgica, segurava-nos pela mão nos momentos de necessidade.

Aquele mundinho parado e mudo, já passado, está gravado nessas fotografias imaginárias, que daqui de onde estou ainda dá para avistar.

UMA SOMBRA E A IMAGINAÇÃO

Para encher a vida de uma criança
com as coisas do sertão
Não precisa sofisticação, não!
Basta o claro que vem do sol
E marca a imagem no chão
Ou o claro que vem da lua
E garante a mesma ação
É um diálogo de criação
E por incrível que pareça
Satisfaz o momento
Mas não deixa marca não!
É arte que expressa sentimento
Em uma brincadeira
De gestos e expressões
Uma espécie de gratidão
Ao sol e a lua
Pela sua fascinação!

UMA MENINA DESCALÇA

Era uma vez...

...uma menina que, descalça pela "pólio", andou pela vida, num tempo de lapsos e equívocos. A sua luz foi a sua força.

Acho imprescindível dizer que a "pólio" foi o motivo para muitos passos descalços e pisadas em falso e que as dificuldades para encontrar um calçado que se adequasse à deficiência foi o pior inimigo.

Era uma menina de corpo franzino e delicado, cabelos longos, andar manco e valentia para transpor os desafios com inteireza de caráter. Para alcançar os objetivos dentro do seu mundinho limitado nunca poupou esforços, fez de tudo para conseguir realizar muito dos seus sonhos. Carregava consigo o peso de uma deficiência física, de ser a filha mais velha e morar em povoado de cidade pequena do interior.

Era uma menina introvertida, de semblante sério no trato com as pessoas de pouca convivência, um traço não muito comum a uma criança. Em casa era alegre, gostava muito de cantar e a vida irradiava-se em momentos simples. Ocupava o tempo entre as tarefas da casa e as brincadeiras. Gostava de deitar em uma rede, meter o pé na parede, cantarolar para fazer dormir o irmão mais novo. Era uma atividade com jeito de brincadeira. Tinha a voz bonita e melodiosa, motivo para receber bons elogios dos que passavam em frente à casa.

A inquieta trajetória entre o equilíbrio e o desequilíbrio dos passos ganhava um movimento harmonioso quando em família. No ambiente familiar não sentia medo nem tristeza.

Apesar da deficiência física, tinha habilidade motora e intelectual para desenvolver as atividades do dia a dia sem maiores restrições. Estudava, brincava, ajudava em casa e, nisso, contou de forma excepcional com a família, que nunca a diferenciou dos demais filhos pelo fato de ter uma deficiência física. Ao contrário, tinha uma responsabilidade com a família que ia muito além do limite por ser a filha mais velha e provir de uma origem humilde.

As peculiaridades que narram essa menina talvez sirvam simplesmente para mostrar ao mundo que o seu sonho infinito não cabia naquele mundinho. Ao lado dessa consciência é que ela precisava mover a vida.

Entre um passo e um tropeço seu horizonte se alargava pela fluidez das incertezas. Elas instigam a enfrentar os medos e, nas mais profundas certezas que tocam a alma, ela vai buscando as possibilidades, desvendando oportunidades. Elas movem a vida de forma restrita, pela falta da liberdade, mas representam a transformação positiva de uma realidade que vai insistir em dialogar com as vicissitudes do percurso. Tempo é confronto.

Seu testemunho é sua consciência que, marcada por lembranças felizes e outras insuportáveis até de rememorar, recomenda cautela para não se atar a esse limite.

Pressinto ter que manobrar com a vida dessa menina para assumir falar por ela de mente e coração, vez ou outra. Eu, por mim mesma.

Todo o seu modo de ser foi ganhando novos sentidos com o passar dos anos. Marcada por momentos impositivos e dificultosos, a menina tenta reagir para defender a sua identidade — o seu gosto, a sua tendência de ver e escolher a moda. As peças de passeio e festas já recebiam outra atenção, eram confeccionadas com tecidos mais finos, maleáveis, e só se faziam duas vezes ao ano: no mês de junho, na Festa da Padroeira (Nossa Senhora das Graças) e aos finais de ano.

A vida transcorria dentro de um marco de restrição e delimitação. O amor fraterno e o respeito eram a base da vida. Nesse sentido, sonhar em compor uma extensão para viver de outro jeito era se dispor à divergência.

O mundo parecia dividido em dois. Os dois eram verdadeiros a medida do entendimento de cada um. Quem enxergava o mundo para além daquela comunidade com seu jeito e seus propósitos se mantinha satisfeito. Todavia, quero explicar que, quando se trata da minha pessoa, não acordava com a lógica da natureza dessa vida porque era uma entusiasta da liberdade.

Nesse tempo, qualquer um que buscasse o sonho de liberdade ia de encontro ao que estava estabelecido e tinha de aceitar e/ou contestar sem muitas possibilidades de sucesso. Assim, vislumbrar um futuro com objetivo para avançar mais nas conquistas nunca deixou de ser o projeto para minha vida.

Das muitas imagens guardadas, raros são os momentos de distração. Tudo funcionava à base de muito limite. Pela clareza que eu tinha, não havia espaço para discordância. Assim tudo transcorria naturalmente, mas a falta de oportunidade de viver a liberdade não barrava o desejo de conquistá-la.

A disposição de vencer o rigor pelos diálogos, acordos e deliberações conjuntas, gradualmente ia ganhando espaço. Toda oportunidade que tinha para retrucar sobre atitudes e comportamentos machistas e/ou preconceituosos o fazia.

Posto em dimensão, o entretenimento de uma criança camponesa compreende a sua realidade. Lembro muito bem da sombra de um pé de cajarana que servia de abrigo para muitas brincadeiras, como gangorra, jogos de peteca, de bila, de xibiu, além doutras atividades mais esportivas, como pular corda e amarelinha, e brincar de bonecas.

Para onde quer que volte os olhos neste universo, tudo tem motivação relacionada à natureza. O banho de açude ganhava destaque entre os demais entretenimentos porque indiretamente tinha mais sentido de liberdade.

Vigiada pelos olhos ausentes da mãe quando autorizava o banho, já determinava o tempo com a seguinte recomendação: — "Cuspo no chão, para lembrar que o cuspe no chão de terra secava rápido." Mas a expressão não garantia o cumprimento de um retorno ligeiro. Havia sempre um jeitinho para burlar e garantir avançar além do limite estabelecido. O ambiente me oferecia o sentido do verdadeiro prazer, sabe por quê? Pelo alívio fantástico que sentia no corpo tortuoso causado pelas desproporções físicas; as atividades dentro da água me envolviam de uma convicção verdadeiramente íntima que somente o corpo era capaz de responder. Era uma fórmula mágica para o bem-estar.

Cabe destacar que no "ambiente do açude" o corpo deficiente, entre tantos corpos ali presentes, passava despercebido por mais improvável que parecesse; porque lá se tomava banho sem roupa.

Neste sentido, o meu corpo ficava mais evidente. Penso que a liberdade que não se aplicava na vida em geral, tinha no entorno do açude um aspecto curioso: a nudez das mulheres que remetia a um estado emancipatório, mesmo que temporário.

Este ambiente, considerado privativo delas para trabalhar e usufruir de muitos outros benefícios, inclusive dessa liberdade, era um território de domínio próprio do ofício "lavar roupas", também oferecia, mesmo que forçado pelas circunstâncias, um ótimo espaço para se falar e refletir sobre liberdade e obrigação.

O corpo, como instrumento edificado, é soma de organismo e sentimentos. Por este corpo tive muitos levantes comigo mesma, até conseguir entender que a beleza de um corpo deficiente não pode se contrapor à beleza de um corpo dito "normal". Beleza que não é visual, mas interativa e sutil, está na essência humana e só pode ser demonstrada pela força e determinação de cada um.

O feminino desse tempo, apesar de ter a sua interioridade quase sempre voltada para a intimidade do lar, tinha vaidades afloradas, força que faz parte de todo ser humano. A doçura e a ingenuidade da moda tinham tudo a ver com o modo familiar.

A roupa era básica, desprovida de luxo. Uma criança não podia escolher ao seu gosto, ela seguia um padrão familiar. A roupa era bem parecida com a moda da mãe, com alguns detalhes específicos quanto a tamanhos, adereços usados para diferenciar. A moda do tempo era sianinha, fitas, botões cobertos com o mesmo tecido, afora outros detalhes marcantes, como babados e mangas bufantes. Para o uso doméstico, saias rodadas e em tecido de chita. A costureira era de escolha da mãe, geralmente pessoa da família.

A consciência da minha vida pessoal era um mundo à parte. Eu sentia a medida da desigualdade pelo olhar de espanto do outro, pelas agressões verbais, pela exclusão nas brincadeiras e/ou atividades.

Embora ciente dessa realidade, só posso dizer que é importante não focar na deformidade, porque a beleza é tão somente uma contemplação subjetiva usada para determinar um padrão. A pessoa com deficiência precisa se habilitar de formação e informação para mostrar que a sua força transcende os parâmetros estabelecidos pelo preconceito e pela ignorância.

Não vale procurar receita para lidar com o preconceito nem milagre para curar a dor que ele descortina. É invasivo, hostil e desnecessário e se propaga como uma erva daninha ferindo muito a alma. Está em todas as classes sociais, em todos os cantos do mundo. Só quem sente sabe avaliar. O preconceito que deixa suas raízes fincadas é o mesmo que leva a descoberta beleza maior de um deficiente, os sentimentos que transcendem as dificuldades da pessoa, para conquistar o reconhecimento por si mesma ela deve despir-se de inspirações fáceis.

Por toda a infância, a convivência com o meio rural possibilitou entender que o valor da aparência tinha um significado equivalente ao meio vivido. Foi preciso tomar certos cuidados para não tornar mais relevante o defeito. A vida é curta, mas abrangente.

O julgamento alheio doía mais do que a deficiência. Emociona-me falar de algumas situações, porque a maneira de expor o pensamento muitas vezes era tão agressiva e desrespeitosa que doía na alma e sufocava a autoestima. Naquele tempo, tudo era diferente porque o mundo era diferente. Eu era diferente e tudo que é diferente assusta. Com a compreensão de que a minha beleza não seguia uma norma padrão fui transpondo barreiras.

Porém como a vida dependia mais do meio vivido que de qualquer outra coisa, fui aprendendo com a própria vida que uma boa maneira de defesa era me manter hostil para não dar oportunidade para inconveniências. E eu como uma menina irascível, sem muito senso de humor, não suportava fofoca, apelidos, mexerico, nem comigo, nem com os outros.

E, assim, a vida foi seguindo e eu fui descobrindo que há momentos da experiência existencial que alguma coisa parece se desgarrar da vida. A passagem de uma idade para outra é a certeza disso. Esses momentos tinham um significado instantâneo pelas suas particularidades. Parece que a estrutura do corpo e da alma passava por um quebramento, uma descontinuidade. Para entender o sentido de atrito dessa passagem, buscava outras condições, reinventando um tempo novo.

Quase mocinha, queria ter mais liberdade e o caminho certo para tanto era a casa da avó, porque em casa da avó tudo é diferente. Lá eu pensava em ganhar mais mobilidade e independência. Mas, frustrando o meu desejo, uma desordem de manifestações vinha à minha mente. Tudo podia acontecer de forma tranquila se fôssemos como desejamos, mas não. É preciso entender que carregamos o peso do nosso jeito de ser.

Eu não gostava de dormir à noite fora de casa e a mudança, mesmo legitimada pelo sentido de tornar-me mais independente, tinha na contramão o peso da condição de quem é dependente de alguma coisa. Sentia saudades de minha mãe e o desejo de retornar me trazia de volta todas as noites para meu ninho. Por toda infância tentei me desgarrar dessa imaturidade, desse vínculo pegadiço. Sentia inveja da minha irmã, que era mais nova e encarava com muita naturalidade ficar na casa da avó por semanas. Vale dizer que eu planejava: levava roupas, brinquedos, mas a força da saudade me trazia de volta para casa todas as noites.

Meu avô, a quem eu chamava paizinho, meu mais fiel amigo e admirador, era quem me levava de volta, e ainda oferecia o tum-tum, uma espécie de carona no ombro. Claro que eu não aceitava, mas vale registrar esse gesto de amor.

Nós dois tínhamos uma intensa relação de amizade e companheirismo. Eu era a primeira neta e ainda tinha o detalhe da deficiência física, o suficiente para ganhar toda atenção. Nossos encontros serviam para fortalecer outras parcerias. Meu avô era um homem místico (algumas dessas memórias são verdadeiras relíquias e merecem ser registradas). Havia um ritual que ele fazia quando de uma dor nas costas, conhecida como "dor cruzada". A ação consistia em eu atravessar por cima do seu corpo deitado ao chão.

Ele murmurava em oração, de forma inaudível, algo que ninguém compreendia. Outro detalhe que chamava a atenção é que só podia participar desse ritual uma menina ou uma mulher na primeira gravidez. Muito provável que tenha alguma relação com a cultura indígena. A natureza simples desse ritual oferecia, em pouco tempo, o alívio para a dor e o agradecimento a quem tinha contribuído para tanto, sob a forma de eterna gratidão.

Essas relações entre o homem e as coisas da natureza são como códigos, meios de comunicação para alimentar alma. Meu avô era um homem muito espiritual. No seu dia a dia fazia algumas rezas, benzimentos e meizinhas (remédios caseiros) que, segundo ele, possuíam efeitos e significados consagrados.

Infelizmente, morreu muito jovem e levou em seu silêncio, toda a sabedoria. Tinha em seu fundamento singular uma força extraordinária. Um bom exemplo era o ritual de apagar um fogo (um incêndio). Esse era surpreendente! Ele fazia uma reza no entorno da área que estava queimando e, em pouco tempo, o fogo se extinguia. Essa sabedoria se propagava pela região, e vindas de muito longe, pessoas o levavam por acreditarem na sua terna capacidade para apagar o fogo apenas rezando. Inesquecível avô, homem especial.

Nunca pude conversar sobre esses rituais com ele, mas ficaram em mim como um testemunho para marcar a sua passagem entre nós. Acredito que seja porque aqueles que partem para o mundo espiritual nunca se perdem por completo, eles deixam suas marcas em nossas almas e estas se transformam em memórias afetivas que são recuperadas de tempos em tempos, ao sabor da saudade e dos acontecimentos.

Para encontrar minha avó neste contexto, busquei-a com ternura na vida cotidiana do campo, encontrando-a em gostosas vivências. Das atividades camponesas, complemento dos afazeres da casa, sair com ela para pegar maravalha (galho de árvore ou apara de madeira com que se acende o fogo) talvez fosse a atividade mais prazerosa porque, ao final, tinha como prêmio um banho na grota.

Era como dizia ela: ah! Neste nosso santo negócio é que nos encontramos verdadeiramente. É um pouco perigoso pelo risco de escorregar nas pedras e cair. Ao final dessa mesma atividade, o complemento era voltar por entre a vegetação, fazendo paradas extras para colher frutas silvestres; minhas preferidas eram canapus e pitangas.

Entre os resultados dessa convivência, alguns momentos fortes e marcantes de todo esse universo camponês ficaram marcados em mim.

Um dia flagrei os olhos de vovó derramando lágrimas no vestido. O desejo justificava essa realidade: tomar o café costumeiro em um lugar difícil de conseguir o imprescindível para acender o fogo — o fósforo! Para ver um fogo aceso naquela circunstância era preciso, como se diz, "obrar milagre". E eis que de dentro de um patuá vi minha avó tirar duas pedras. Seu desejo ganhou forças quando começou a bater uma pedra contra a outra até sair faíscas. Então ela me pediu ajuda: "Você vai colocar o algodão perto da faísca e quando ela tocar no algodão você joga no chão em cima desses bagaços. A faísca vai se transformar em chama e vai ser possível acender o fogo para eu fazer o meu café!". Esse hábito de tomar café em determinadas horas, quando não respeitado doía-lhe a cabeça, causava mau humor, segundo ela, faltava-lhe força para o trabalho.

As dificuldades para "essa gente da roça", encarada naturalmente como uma extensão do seu trabalho, tem gosto de afeto, cheiro de disposição. E do café da minha avó!

Vislumbrar o avanço de conquistas para os trabalhadores da roça é como atravessar o mar a nado. São severamente punidos por dificuldades, entre eles, há uma posição de entendimento e razão. Dessa forma, a tendência a serem explorados e a terem direitos negados transforma-se em normalidade.

Tudo na vida tinha contornos de dificuldade. Lembro muito bem dos flagelos da seca, das circunstâncias angustiantes para receber o que eles ganhavam, das distâncias percorridas para comprar, sem os recursos adequados para a locomoção. Por vezes, acabava tudo em desistência.

Dona Mariinha, minha avó, tinha uma dependência incrível de café. Nesse contexto, quando lhe faltava a bebida, ela apelava para outros itens da pródiga natureza. Era o caso da semente de manjerioba (nome popular de um arbusto da caatinga, cujas sementes têm propriedades medicinais). Sim, café feito de manjerioba. Era preparado nos mesmos moldes com que se fazia com as sementes de café. A explosão de alegria ao degustar parecia a mesma. Posso afirmar que, na opinião de todos, o café era quase um vício, um remédio universal. Matava a fome, a dor de cabeça, a tristeza, a impertinência. Ela falava sempre que achava menos importante faltar mistura para refeição do que o seu café do dia a dia.

Minha avó era uma mulher extraordinária. Tinha um coração enorme, fazia favores para todos da comunidade. Era uma seguidora dos preceitos religiosos carregava com ela uma imensa carga de humanidade.

Encontrava emoção e beleza em todas as coisas e cantos da natureza, talvez pela irmandade que mantinha com ela. Mesmo quando havia conflitos, precisava acreditar que essa emoção e essa beleza eram "milagres".

E ainda que tenhamos vivido muitas dificuldades, formávamos uma bela dupla, cheia de dinamismo e cumplicidade. Na nossa história ocorreram momentos que não dá para deixar de falar.

O contato com a natureza fazia parte do nosso cotidiano e se sucedia o tempo todo. Um dos que muito fascinava a mim e a ela era a atividade de pegar pássaros usando uma arapuca. Acontecia pelo sentido da aventura: fazer a arapuca, ir para o mato e esperar o pássaro. Para falar a verdade, no início foi difícil. É que eu queria ficar com o bichinho para criar. E minha avó não. A experiência para uma criança é uma coisa, para o adulto é outra.

Em pouco tempo nossa divergência acabou ganhando a mesma direção de entendimento e de opiniões. Ela, já acostumada à crueza da rotina, porque já abatia galinha, pato, capote, peru, acabou me convencendo de que por trás da ação havia a questão da sobrevivência, que o homem plantava, cassava, pescava... E tudo para prover a sua alimentação.

Ela me dizia o seguinte: "Causar sofrimento a quem está próximo da gente é diferente de causar sofrimento a quem está distante. Por isso, matar animal doméstico com quem temos laços afetivos é muito mais sofrido do que abater uma caça para matar a fome".

Matar uma galinha, um peru, um capote não deixa de ser uma atitude de crueldade, mas todos têm o seu tempo de existência. O próprio Deus estendeu ao homem, bem como os animais selvagens, o poder de matar animais para sua sobrevivência.

Em um estado pobre como o nosso, a gente caçava por falta de opção para alimentar-se dignamente. Muitas pessoas não matam animais, embora comam a carne. A morte no exercício da caça representa menos sofrimento porque os laços são distantes, principalmente entre os caçadores, que são verdadeiros carniceiros.

Esse universo sertanejo deixou muitos reflexos, tanto pelos exageros, como pelas virtudes. Há momentos tão presentes que parecem nunca ter findado.

Enfim, a lição tirada da situação me permitiu adquirir outra compreensão sobre o exercício de caçar: a de que o instinto de sobrevivência do homem justifica o ato de matar quando feito para saciar a fome quando por falta de meios para se alimentar pode justificar até o abominável.

Com a exposição de tais episódios não desejo justificar ilicitudes ou oferecer explicações para procedimentos errôneos, contudo, cumpre-me mostrar o que é real. Foi nessa fase da vida que a essencialidade de certas coisas fez nascer em mim outro sentimento de mundo. Uma compreensão prematura mostra com muita força que "os fins justificam os meios" quando se trata de fome. E a fome tem pressa, de acordo com famoso sociólogo Betinho.

Vi cenas tristes de meninos e meninas se arriscando para colher frutas sem consentimento daqueles que se diziam donos das propriedades rurais. Muitos desses "proprietários" eram apenas ocupantes da terra, às vezes até por apropriação indevida — a chamada grilagem ou por arrendamento.

Por ver o desperdício dessas frutas lastradas no chão, ou mesmo indo parar nos chiqueiros de porcos e ver muitas crianças necessitadas de comer é que tantas vezes me revoltei contra algumas pessoas. Poderia citar muitas, mas não é essa a minha proposta. Guardei o invólucro na alma e a lição levei para a vida.

Meu olhar atento já me dizia desde criança que passar fome não pode ser uma coisa natural e que apanhar frutos verdadeiramente silvestres (cajá, cajarana, amora, canapus, coco catolé, jenipapo e tantos outros) não é atividade ilícita. As fruteiras não são de propriedade de ninguém, são uma representação existencial da natureza que abominavelmente o ser humano instituiu como sua.

Essas fruteiras não foram plantadas por uma pessoa, elas nasceram, cresceram, frutificaram livremente. Ocorre que, sorrateiramente, alguns as adotaram como propriedades suas só pelo fato de morarem perto.

Saber menos a medida das coisas dói menos no coração. O meu doía mais pelos outros do que por mim, isso porque eles não tinham a mesma compreensão minha sobre o que a injustiça. Qualquer imposição que causasse dificuldade ao outro pelas vias da esperteza e da injustiça mexia comigo sobremodo. Essa coisa prendia minha atenção a ponto de fascinar-me por uma defesa. Geralmente, era a defesa dos meninos da vizinhança. Eles sofriam muitos constrangimentos e não sabiam se defender. Nesses momentos, vez por outra, eu reafirmava meu compromisso com eles e saía em sua defesa.

Na contemplação das atividades camponesas do dia a dia com a família, principalmente meus avós, aprendi muitas coisas, como não ter medo de aventura quando o propósito fosse a sobrevivência, a não me calar diante das injustiças e a perseverar nas adversidades. Lições que carreguei vida afora!

Convidada à luta, eu me envolvia em muitas atividades:

Colher favas verdes para fazer o baião de dois no dia seguinte, tendo como acompanhamento galinha caipira, torresmo, quiabo, maxixe, jerimum ou macaxeira; tudo isso muito presente, porque continua tendo sabor de festa familiar.

Encher o patuá de algodão para transformar em fio, em noite de lua cheia. É memorável e vale a pena relembrar. O evento reunia as mulheres fiadeiras frente de casa. Com essa atividade laboral elas contribuíam com a renda familiar. O fio era usado para fazer o tecido de redes, lençóis e mantas. Era uma atividade atribuída às mulheres. Infelizmente, esses momentos ficaram tão distantes que, nos dias atuais, parece impossível visualizá-los. São atividades que foram substituídas no processo de industrialização e trocadas por novas práticas no decorrer dos anos (bom exemplo é a rede feita de tecido industrial, chamada de lona, ou tecido sol a sol).

Todas essas atividades camponesas ajudavam a manter o ganho das famílias. Tudo que era colhido e vendido provinha a subsistência. O sentido de apropriação desses benefícios era um bem sagrado, assim como o princípio de lavrar a terra.

Após cada refeição, rezava-se para agradecer por todas as conquistas. Nas minhas memórias um sentimento de amor perfuma esses momentos de fé e a religiosidade, porque a medida que ia vivenciando ia também me envolvendo. Lembro da vontade que tinha de carregar o andor com a santa, mas como tinha o andar manco não dava certo. Todas as lições de fé que aprendi com minha avó guardo comigo até hoje. Como eu a amava! Parecia ter o cheiro e a beleza das flores silvestres!

E nas nossas andanças pelo mato descobri algo inusitado, o amor particular que a minha avó tinha pela flor-de-maracujá silvestre. Achei o caso bem peculiar. Me ajudou a refletir e compreender melhor sua religiosidade, meus sonhos e frustrações. O sonho de colher a flor-de-maracujá silvestre e a frustração de não poder colher. Em uma dessas nossas andanças, ela me impediu de tirar uma flor-de-maracujá silvestre e, pelo seu ensinamento me fez entender, em pouco tempo, ou, como se diz, em um dedo de prosa, qual o verdadeiro motivo da proibição.

Olhando para mim com aqueles olhinhos azuis de anjo, ela falou:

— A flor-de-maracujá é sagrada. Ela tem força e energia divina por ser semelhante à imagem da coroa de espinho que foi colocada na cabeça de Cristo em sua crucificação. Tem a cor roxa forte porque simboliza o sangue de Cristo derramado na cruz. Isto é verdade para nós, cristãos.

— Então por isso não me deixa brincar com ela?

— Sim. Temos que respeitar as coisas de Deus. Com essa flor não se deve brincar e depois largar pelo chão. Seria um desrespeito à memória de Jesus — concluiu minha avó.

Pelos códigos da cultura, dos seus valores e dos princípios religiosos que detinha, essas coisas não se discutiam, simplesmente cumpriam. Toda relação prática e/ou simbólica tem dimensão em suas tramas e seus significados. Para ela, essa teoria era a mais pura verdade.

Os conhecimentos a mim repassados sobre a flor-de-maracujá ficaram embrenhados no meu pensamento e resultaram na compreensão que passei a ter acerca da proibição.

Minha avó era uma mulher muito católica, seguia com fervor todas as tradições da igreja. Na Semana Santa não podíamos fazer muitas coisas. Na quarta-feira, conhecida como "quarta-feira de trevas", o banho tinha de ser breve e em casa, porque neste dia não se devia nadar. Segundo ela era perigoso porque, ao nadar, podia-se ficar entrevado e até morrer afogado. Os demais dias eram também cheios de restrições com comida, limpeza da casa, vestuário, entre outros. Naquele cenário, a crença era inquestionável e os rituais seguidos literalmente. Existem muitas manifestações de religiosidade que permanecem até hoje e são exaltadas e cheias de paixão. Elas sustentam muitas tradições.

A renovação do Sagrado Coração de Jesus ainda hoje é uma expressão tradicional de religiosidade do interior do Ceará. Esse ritual foi incorporado da vivência sertaneja e se tornou patrimônio imaterial da cultura desse povo. É um momento em que família, amigos e vizinhos se reúnem em frente a uma imagem do Sagrado Coração de Jesus para renovar os votos ao Santo.

Por meio de um modelo distinto de oração e cantos religiosos, essas tradições permanecem, mas a vida, pelos próprios movimentos naturais, vai adquirindo novos contornos.

Mostrar estas experiências é como navegar ao sabor das memórias de infância e isto requer buscar no "fundo do baú" aquele velho álbum para mostrar que o passado vai estar sempre presente. Por falar em baú, vale a pena lembrar que esse mobiliário com aparência de caixão era peça fundamental em todas as casas. Usado para guardar miudezas, enxoval do bebê, brinquedos, aviamentos para costuras etc., era um utilitário necessário diante da falta de móveis.

Foi de um baú que minha mãe retirou agulha de mão, tesoura, linha e retalhos para ensinar os primeiros pontos de costura.

A partir das suas coordenadas iniciei na arte de costurar. Os primeiros pontos, desprovidos de harmonia por falta de coordenação motora, tinham o sentido de todo aprendizado: a limitação, o receio, a falta de perfeição, contudo, vontade havia. Com tempo e treino fui ganhando confiança e experiência.

Esse princípio de exercício mobilizou minha vida, inicialmente como passatempo. Mas o prazer de transformar os materiais em lindas bonecas ganhou o artifício da arte, passando a ser-me outro incentivo. Com as bonecas de pano construí sonhos e fabriquei fantasias. Pareciam exprimir sentimento de gente. Cada uma tinha uma característica e personalidade. Com as bonecas e o meu universo de fazer de conta ganhei incentivo para experiências futuras.

Nas brincadeiras com bonecas é que a criança se transporta para o seu mundo. A boneca ajuda a criança a expressar suas emoções por meio do faz de conta, em especial pelo poder de mascarar um desejo adulto que a acompanha.

A criança gosta de se vestir de adulto, maquiar-se, de usar o linguajar da mãe e da professora para vivenciar o seu poder. A boneca, como expressão dessa linguagem, exerce diversos sentido; no geral, tem relação com o modo de vida da família.

Essa infância entre bonecas feitas de pano, de sabugo de milho e de madeira, e de tantas outras brincadeiras, era um mundo em confronto com as outras obrigações.

Esta imagem de mim frente às responsabilidades é maravilhosa! Muitas transformações que ocupam espaços significativos na minha vida hoje começaram com as brincadeiras de criança. O campo das artes manuais é um exemplo. Bordar, costurar, fazer crochê, fazer arte com barro, tudo faz parte dessa construção. O meu comprometimento com cada uma das tarefas que me eram dadas me ajudou a aperfeiçoar uma série de habilidades e elas se estenderam pela vida.

Comparo esse momento a uma paisagem de festa que ficou guardada e não dá para visualizar, mas foi significante pelo afeto e motivação.

O incentivo tinha sentido de amor, clima de entusiasmo e valorização dos trabalhos. O que começou como uma brincadeira, felizmente, expandiu-se, ganhou qualidade e passou a ser um exercício regular da casa.

Pelas veredas dos dias, o tempo familiar marcava uma sequência de mudanças e transformações. A força do espírito inquieto e criativo não me deixava esmorecer, porque o sentido da vida tinha um percurso marcado com outro projeto.

A conquista da liberdade foi se alargando, fincando raízes em mim, e a cada ruptura eu adquiria mais elementos para me transformar pela própria necessidade circundante. A moda da roupa e dos cabelos foram os primeiros aliados. O vestido evasê (caracterizado pela parte superior mais justa, alargando a partir da cintura, um modelo atemporal) foi ganhando um apertinho aqui e outro ali, outro acolá... Até ficar justo e, finalmente, despercebido. Para acompanhar esse processo de modificação constante e progressivo, os cabelos também foram grandes aliados. Um corte, um friso, outro corte e, finalmente, o cabelo curtinho – sem mais problema.

Engabelar pela necessidade de viver a liberdade não é crime, é sonhar de olhos fechados e ver o sonho ser realizado! A manifestação de liberdade desejada ganhava a cada dia nova dimensão pela sua significação.

Era impossível não sentir vontade de viver a liberdade quando tudo tinha um sentido tão restrito. Contudo, como o tempo é detentor natural de mudanças, a liberdade chega pelas vias da própria evolução de mundo. Pelos meandros do tempo, a vida ganha ares e cores na medida do seu desabrochar e, por ele, se desloca e se modifica.

O corpo físico se modifica à medida do tempo ganha novas medidas e contornos e uma nova definição. Nesse tempo, já não mais tão criança, o corpo reage pelos sentidos. Uma sucessão de novidades se estampa e, numa reação natural, chama atenção de si e dos outros e a vida também ganha novo entendimento.

Descobri pela própria necessidade que o corpo era a revelação do meu mundo quando comecei a observar minuciosamente minha deficiência. Aconteceu de forma abrupta e inesperada. Foi um dia em que meu pai me convidou para ir à casa da minha madrinha.

Ela morava em outra cidade. A viagem foi uma verdadeira aventura. O meio de transporte para chegar até lá era uma mistura de ônibus e caminhão, chamado de "misto". Tinha uma boleia grande e uma carroceria onde se levava de tudo, principalmente para vender nas feiras: legumes, animais, utensílios de palha e barro. Levava ainda todos os pertences dos passageiros, inclusive mudança.

A viagem foi cansativa porque a estrada era carroçável, ou seja, de terra batida; o dia estava chuvoso e, em virtude do tempo, o carro atolava de vez em quando. Os próprios passageiros desciam para empurrá-lo.

Na chegada à cidade, meu pai falou:

— Agora vamos fazer uma pequena caminhada até a casa da sua madrinha. Eu estava meio que estropiada e meu pai caminhava rapidamente.

Havia no percurso um fusca parado. Ao passar por sua lateral tive uma surpresa: vi minha imagem refletida. Vi uma menina torta, manca, que eu mesma não conhecia. Motivada pela circunstância, fiz a ação de me deslocar pela lateral do fusca várias vezes.

O corpo, que os olhos nunca tinham visto, estava à mostra no reflexo de uma lente restrita, mas suficiente para impressionar-me. Este acontecimento não estava previsto e a reação com o corpo foi a pior possível. O passeio, que estava começando, parecia ter terminado ali.

Fiquei por um tempo parada. Inesperadamente, ouvi o grito de meu pai: — O que houve? Tá cansada? Já estamos chegando. Acompanhei meu pai, ansiosa para chegar e ver se lá na casa havia um espelho grande para conferir aquela imagem de há pouco. Foi a primeira vez que vi a minha imagem de corpo inteiro. A deficiência até então mascarada pela falta do espelho, revelava o meu preconceito e o preconceito dos outros. Agora sim, tinha a resposta para as críticas e insultos.

O passeio dali por diante, surpreendeu-me com um sentimento de vazio porque eu passaria a buscar nos acontecimentos seguintes algumas respostas.

Envolvida pelo desejo de retornar, tinha no rosto a expressão de uma tristeza que só podia ser compreendida pelo meu próprio ressentimento.

Sabia da deficiência, mas a apropriação dela parecia simbólica até então, na medida em que eu não tinha a minha imagem materializada na lataria de um fusca, a visão de mim mesma, como eu era.

Impotente na minha condição humana diante da situação, senti a solidão mais doída do mundo. Ela se constituiu testemunha de mim e matou o gosto da viagem, porque não havia com quem falar da surpresa dolorida. Devastada por esse sentimento só pensava em voltar.

De volta para casa, a conversa com minha mãe era indispensavelmente urgente. Falei ressentida:

— Por que você nunca me disse que eu era torta, que eu mancava quando caminhava?

Mamãe minimizou meu descontentamento com doce olhar e palavras ternas:

— Por que está me perguntando isso agora, minha filha? Que importância tem? Você não precisa se preocupar com o jeito de andar. Esse vai ser o seu jeito e isso não tem a menor importância. Seu valor é muito mais-que-tudo. Você é uma menina linda e querida!

— Ah, isso não! Tenho de fazer alguma coisa! — retruquei.

E já desabei em prantos. Minha mãe, um tanto aflita, tentou amenizar.

— Para Jesus, os deficientes são a oportunidade pelas quais o poder de Deus pôde ser revelado. Está escrito na Bíblia e você foi escolhida por Deus.

Mas ao contrário de aceitar as bonitas palavras da mãe, a revolta produziu uma briga com Deus por um bom tempo.

Um pedaço de mim pedia para eu aceitar, o outro não queria nem pensar. Era uma briga. Birra de criança. Todos os dias eu dizia a mim mesma:

— Não entendo como Deus pode escolher alguém para deixar aleijado! Ah! Isso não pode ser coisa de Deus! Eu não creio!

O tempo se encarregou de engendrar no meu coração outros sentimentos. A eles me agarrei para revirar tudo pelo avesso. Esse estado de desavença exigia fazer alguma coisa. Talvez, o fim fosse enfrentar o espelho. Neste sentido, pedi para minha mãe comprar um espelho grande. Fui atendida de imediato, mas com a seguinte recomendação de minha amável genitora: "Esqueça essa bobagem!".

Esse foi um tempo de reclusão.

Para essa terapia não existia psicóloga. Era eu, o espelho e um bom bocado de resiliência. A conversa foi longa e desaforada. As palavras bondosas da minha mãe revelaram, por Deus, uma força poderosa capaz de resignar-me e, enfim, acabar com essa desavença de mim para comigo. Confesso que aceitar o que não é possível modificar é propiciar a si mesmo um estado de compreensão, de plenitude.

Debruçada sobre essa nova fonte de humanidade, pude construir as pontes que eu precisava para fazer este novo percurso.

Autoestima e autossuficiência: uma inclui o afeto a mim mesma, a outra me encaminha para independência da vida.

- Da escola da vida: "Uma menina, um corpo diferente e uma confusão de sentimentos".

- Do mundo: "Um entendimento, um propósito e muitas situações-limites".

A invasão de julgamentos, opiniões e intromissões chamavam a atenção. A deficiência física incomodava menos do que as comparações, principalmente, quando era alvo de piedade.

Sabia que meu corpo, como instrumento físico, tinha o seu valor pela percepção visual, mas compreendia, também, que pela minha capacidade intelectual e motora eu podia mostrar toda força que me habitava o ser.

No livro *A festa de Maria*, o escritor e psicanalista Rubem Alves assevera: "Uma pessoa é bela naquilo que ela não é". Neste caso, a beleza se evidenciava pelas atitudes, pelo comportamento e pelos propósitos, não pela visão distorcida de uma estrutura física passageira. Só o espírito é eterno.

As situações das vivências diárias exigiam habilidade para não me deixar humilhar por consciências alienadas que introjetam as suas verdades como realidades absolutas. Para tomar posições nos momentos de violência contra mim mesma, meu suporte era a minha valentia.

No cenário da vida havia uma relação muito profunda com a minha família; já com o corpo, o vínculo era distinto e restrito, contido por certo limite advindo do processo educacional e exclusivo do pensamento. Devido a uma educação muito rígida, ver e sentir o corpo em seu sentido pleno era como desvendar códigos secretos. Para entender essa trama do dia a dia procurava me abastecer de compreensão e consciência dessa tarefa solitária. As interrogações sobre o corpo, na maioria das vezes esbarravam no limite do que se podia conversar.

As mudanças da vida são legitimadas por ela mesma e guardadas num arquivo memorial. Neste arquivo estão nossa riqueza e pobreza de pensamento.

Para quem sempre ignorou o próprio corpo por medo de viver a sua insatisfação (e abdicou de certos detalhes para não se machucar e não desgostar as pessoas da família), enxergar sem os olhos é registrar com o coração, porque ser criança é acreditar que certos assuntos são coisa de gente adulta.

Algumas particularidades perduram pela vida, em etapas distintas, todas mantendo relação com o corpo, que anseia por respostas ao longo do processo natural de amadurecimento.

Algumas coisas passam a ser descartadas para dar espaço às novidades, principalmente da moda. Por exemplo, quando a adolescência chega, a consciência disputa com a vaidade e os brinquedos perdem seu status. O espelho ganha um olhar de confiança e/ou desconfiança pelas verdades profundas que tocam o nosso espírito, ali refletidas, com o entendimento das transformações.

As desavenças com o corpo são muito comuns nas etapas do amadurecimento. Na adolescência, a vida ganha um mundo de fantasia e sonhos. Na fase adulta, a vida ganha consistência e solidez para realizar os sonhos; na velhice, belas são as lições da maturidade.

As mudanças físicas e psíquicas que inquietam o corpo são patrimônio de todos, são memórias armazenadas no pensamento a revelarem quem fomos e em que nos tornamos. As desavenças e inquietações com o corpo podem, a qualquer tempo, produzir alguma insatisfação.

Em mim, na adolescência, a minha imagem parecia deslocada dentro de qualquer roupa, independentemente do modelo, do tecido, da marca.

Para falar desse outrora vou agora me deter ao calçado. O calçado certo para o pé incerto era excessivamente desafiador. Com um pé menor e a perna mais curta, tinha de buscar uma alternativa e a alternativa mais viável era um calçado sob encomenda, mas quando colocados os prós e os contras da deficiência havia a recomendação de se adicionar uma compensação no calçado esquerdo. Tal "item" tornava o calçado feio e desarmonioso, motivo a mais para sofrer preconceitos.

Como efeito de medida, a decisão foi sempre não adotar calçado feito por encomenda e enfrentar a peregrinação pelas lojas para adequar a deficiência aos modelos prontos. Por muito tempo a solução foi comprar dois pares e descartar um.

Verdades profundas acompanham esse longo e difícil período, que se estendeu até os 37 anos, quando fui submetida a várias cirurgias ortopédicas. Daí por diante, passei a usar o mesmo tamanho. Um item a se considerar é que o calçado tem tamanho de criança!

Todas as dificuldades para atravessar esse período têm relação de complementariedade que se firma nas dificuldades da própria fase da vida.

Sem vocação para coitadinha, muitas vezes senti o desejo de cuspir na cara de alguém quando ouvia que eu era bonita, mas...

Não fosse esse aleijo.

Não fosse essa doença.

Não fosse esse defeito.

Tive de me fingir de morta muitas vezes e ignorar esses tristes incidentes.

Foi nesse tempo que, sentindo na própria pele os preconceitos, precisei me aparelhar de uma nova postura: aceitar a deficiência com determinação e coragem e, assim, mostrar que o engano do outro era a certeza que me faltava de que assim seria até o dia que Deus me permitisse viver.

Sabia que o preconceito era motivado pela ignorância e que nunca deixaria de existir. Por isso, para além das palavras, do jeito de surpresa e de estranheza pelo que viam em mim, eu, no meu direito, o que mais tinha de decente era me fazer de rogada desentendida.

Mesmo quando abordada de forma "inocente", não conseguia entender aquilo como um gesto de bondade; as palavras me magoavam.

Para reverter esta situação eu tinha de aceitar certas abordagens como se fossem elogios. A acidez das palavras, na maioria das vezes, tinha o meu silêncio como resposta. Era a forma encontrada de acalmar a raiva e amenizar o coração.

Entender o meu Eu e o meu Estar no mundo implicava em aceitar-me primeiramente e, depois, transformar o instrumento das dificuldades em experiências exitosas. Para tornar possível alcançar a liberdade foi preciso mostrar como uma pessoa pode transformar as suas ações em graça.

Foi-se quebrando o paradigma estabelecido por conceitos ultrapassados e preconceituosos, formado pela mentalidade tacanha de que o deficiente é incapaz. Precisei, muitas vezes, assumir minha própria defesa. Nesse sentido, descobri que a fonte das forças estava em mim mesma. Sempre fui uma pessoa de pouca alegria extravasada. Severa comigo e com os outros, não tinha vocação para falsidade. A melhor alternativa para evitar o confronto com a realidade era, na verdade, o silêncio.

A luta pela humanização dos portadores de deficiência é uma tendência mundial e ela só será possível na medida da compreensão de que a insuficiência de uma função física e mental não é o fim. Entendo que a pior mutilação para uma pessoa com deficiência (PCD) é o desamparo, a falta de acessibilidade, de inclusão e respeito à pessoa.

Muito fiz para adequar a vida ao meio sem a hipocrisia da comparação. Mudar a forma de vestir foi uma postura tomada. Trocar o estilo comprido pelo curto para evitar as perguntas de mau gosto, do tipo: o que tem no pé? O que foi no pé? Tá doente do pé?

Vez por outra, a conversa era comigo mesma e, para não deixar transparecer a fadiga de responder educadamente ao que considerava insulto, a medida mais inteligente era "ficar de bico calado", como dizia a minha mãe.

Entre o céu e a terra existe muito ainda para se desvendar, porém, tenho certeza de que Deus criou os seres diferentes uns dos outros exatamente para que se possa perceber essa contradição: o ser humano não é uma espécie exata. Cada um tem o seu tamanho e característica moral específica, ninguém é obrigado a ter a mesma compreensão sobre a mesma coisa, enfim.

Todos os atenuantes para facilitar a vida traziam junto insatisfações. Por exemplo: em função da decisão de mudar o estilo da roupa para evitar dar algumas respostas indesejáveis, tive que abdicar do meu prazer de vestir o que gostava, porque esta não era uma necessidade minha. O período de transição entre a infância e adolescência foi o mais terrível de todos. Debruçada sobre tantas insatisfações e interrogações, seguia por uma linha limite em que a liberdade para escolher, de um lado, não era o que eu queria, mas o que me ofereciam.

Mesmo sabendo que pensar em liberdade no contexto em que eu vivia, por minha dependência em todos os sentidos, era mera criação da imaginação. Em nenhum momento, porém, pensei em desistir. Tinha a consciência de que para avançar por outros caminhos carecia de conquistar, de fazer renascer, mesmo que fosse das cinzas, uma espécie de confiança que foi conquistada a duras penas por meio de trocas recíprocas em acordos familiares.

Naquele tempo, para ingressar no ensino fundamental, o aluno tinha de submeter-se a uma prova chamada de "admissão", que tinha como objetivo medir os conhecimentos da primeira fase do ensino (da 1ª à 4ª serie). Era uma verdadeira seleção, uma exigência do ensino da época. Era, por assim dizer, o primeiro vestibular. É verdade, fazia-se até cursinho!

A intensão de fazer a prova de admissão em um tempo ainda não muito conveniente para mim, pela situação objetiva da vida, ganhou força no apoio do meu pai, um homem simples que dava valor ao ensino acima de qualquer coisa.

Depois de conversar comigo e saber do meu desejo em fazer a preparação para a prova naquele ano, ele procurou uma professora, na verdade, sua parenta, para preparar-me para o ingresso no ensino fundamental.

A professora já estava com uma turma em andamento e exigiu, antes da minha matrícula, avaliar-me. Seus alunos eram todos meus conhecidos, vizinhos, parentes. Porém, havia um que, segundo palavras da professora, era exemplo a ser seguido. Era destaque por ser comportado, educado e tirar boas notas. Na verdade, era o xodó dela — e filho do vereador da cidade.

Após me avaliar de forma breve, a professora sentenciou:

— Você ainda não tem condição de acompanhar esta turma. Melhor estudar um pouco mais e deixar para entrar na próxima turma, ou seja, no próximo semestre.

Esse próximo semestre seria o próximo ano, entenda-se.

A volta para casa foi de choro. Inconformada com a postura da professora, falei para meu pai:

— Se o senhor me inscrever no ginásio para eu fazer só a prova garanto estudar em casa e passar. Eu não vou aceitar essa proposta da sua parenta e farei todo esforço para mostrar como eu passo nessa prova.

Meu pai falou:

— Está certo. Se você quer assim vamos tentar.

Pegar os livros e começar aquela rotina de estudos era um propósito regado pela mágoa de não ter sido aceita na sala de aula.

Levantar a luz de um candeeiro ainda de madrugada e iniciar a lição foi jornada de muitos dias. Guardei a cena da professora me rejeitando como aluna para aquela turma com muito ressentimento e para responder à desfeita tinha de mostrar um resultado positivo.

Meu pai, meu maior incentivador, era quem me acordava todo dia. Com jeitinho me chamava: "Vamos, minha filha, já está na hora de levantar. Já são quatro horas!".

Apesar da preguiça, fazia o sinal da cruz e rezava a oração costumeira:

"Com Deus me deito, com Deus me levanto, na graça de Deus,
do Divino Espírito Santo! Nossa Senhora me cubra com o seu divino manto".

Umas boas espreguiçadas e eu repetia: Vou passar esta história a limpo ou eu não me chamo Maria! Foi assim até o dia da prova de admissão. Meu pai cumpriu a promessa: fez a minha inscrição no ginásio da cidade.

Todos ficaram sem entender e perguntavam: Que ideia é essa? Se ela não se preparou no cursinho como vai fazer a prova? Meu pai respondia com muita serenidade: Ela vai fazer para ficar com a experiência.

Do horizonte mais próximo eu podia contar com o meio familiar. Ele me abastecia de coragem e determinação. Precisava ser sempre mais corajosa do que os outros para ser ouvida sem que precisasse mostrar resultado positivo.

Não é difícil encontrar situações assim quando se trata de portador de deficiência. Pois assim aconteceu comigo e a verdade desprovida de sentido causou surpresa.

Chegou o grande dia! Passei em todas as provas e ainda tirei a nota máxima em Matemática. O filho do vereador que, de acordo com a professora, era nota dez, ficou com uma nota inferior. Como explicar? Não, não vale nem perguntar. Para a equivocada concepção da professora, só há uma resposta: ninguém é dono da verdade e, em circunstância de avaliação, é importante não focar apenas conteúdo. É necessário avaliar, para além do conhecimento, a capacidade intelectual.

Verdade é uma relação de semelhança entre o subjetivo e o concreto. De pedaço em pedaço é que se forma um todo. Completo e perfeito, como se deseja, não existe.

A situação que se estampava após a prova de avaliação ganhou forças nas "imperfeitas maneiras de estudar". O processo movido à revelia, por falta de algum acompanhamento, mostra que o estudo é capaz de validar o conhecimento, tendo em vista a determinação de quem se envolve.

Neste caso, o conjunto da aprendizagem dissociada do paradigma normal englobava como principal propósito o fato de passar na prova de admissão. Foi pela descoberta do sentido desse absurdo que o crescimento pessoal se deu. O jeito diferente de estudar, em parâmetros também diferentes, gerou um resultado "igual", ou seja, positivo.

Ninguém é excelência de corpo e de alma. Somos todos passíveis de qualidades e defeitos, por isso mesmo a hipótese da contradição em tantos momentos da vida. Deus é a própria contradição. No que se pode ser igual um do outro, ou pelo menos parecido, é a maneira de viver, o comportamento e a postura frente à vida privada e à vida social. Então, o que é ser igual? O que é ser diferente? Vamos esquecer esses conceitos quando for para comparar pessoas. O que é igual é o geral, é o contexto; por exemplo, somos todos iguais perante a lei. Somos mesmo? Muitas vezes, o que é igual acaba diferente quando desvirtuado do seu sentido verdadeiro e acaba por se transformar em inverdade.

O meu questionar tem olhos, mente, coração voltado para portador de deficiência, para mostrar que sua luta deve ser um pacto fundamentado no respeito às suas limitações, principalmente, ao seu direito de ser diferente.

O que mais contribui para frustrar o destino de um deficiente são as comparações. O portador de deficiência tende a inferiorizar sua condição humana quando frente a comparações, ignora sua capacidade e na maioria das vezes, acaba comprometendo o seu próprio sucesso.

A ausência de sucesso está no âmbito da vida para cada um. Depende da medida de um esforço e independe de condição física e intelectual. Alcança o sucesso que se predestinou a conquistar. No caso do portador de deficiência, ele precisa se contrapor ao "normal" para subverter essa convenção. Que haja comparação, pois esse é o nosso destino. Mas é importante saber que o limite para toda pessoa com deficiência deve ter o tamanho da força de cada.

Toda arbitrariedade pode ser motivo para rever atitudes as dificuldades delas advindas podem ser a necessidade que faltava para ressignificar a vida e, ainda, possibilitar utilizá-las como moeda de troca para alcançar o sucesso.

A realização de todo sonho tem o valor da conquista. Sonho que se realiza mediante empenho e determinação sendo a pessoa deficiente ou não. Avalio que a dimensão pessoal é da responsabilidade de cada um. Foi pelo reconhecimento de mim que aprendi a desvendar minha dimensão humana.

Para viver a adolescência, essa fase da juventude cheia de conflitos, instauraram-se em mim muitas inquietações. Muitos foram os episódios vividos. Fiz diversos acordos com meus pensamentos, sabia que algumas particularidades que mexiam com o meu comportamento eram consequência da própria transformação. Registrei tudo como projeto de vida e de juventude.

Era um dia de festa. Eu estava sentada na praça central da cidade, pertinho da escola onde estudava, acompanhada de uma "amiga". Enquanto as mocinhas rodeavam a praça de braços dados, cena muito comum nas cidades de interior na época, nós duas nos mantínhamos sentadas observando o movimento. De repente, chega um rapaz e pede para sentar, se presenta, diz seu nome e a cidade onde morava e fala que é radialista. Como todo bom conquistador, escolheu a mim para paquerar. A amiga demonstrou logo uma inquietação com gosto de inveja. Tentou montar uma tragédia para acabar com o êxito da paquera. A trama denominada de maldade vai se fazendo na insistência da "amiga" em falar do meu defeito físico.

Ela falou para o rapaz:

— Você já viu que ela é aleijada?

— Não — respondeu o paquera.

Insistiu ela:

— E mesmo sabendo que ela é aleijada, ainda assim tem coragem de namorá-la? E persistiu:

— Se quer ver se o que eu estou falando é verdade, peça pra ela levantar e você vai ver que não estou mentindo.

O antídoto para o veneno foi a resposta do rapaz:

— Garota! Não sei que razão você tem para insistir nesta bobagem. Qual é o seu problema? O valor da pessoa não está numa perna, em um braço ou qualquer parte do corpo, está no seu caráter. E uma coisa eu posso lhe dizer: você nunca foi e nunca será amiga desta jovem.

Olhando firme, olho no olho, como se diz, o cavalheiro me disse:

— Pense bem e se desfaça desta amizade o quanto antes. Você é uma moça bonita, interessante, fala bem e não tem por que ficar ouvindo de ninguém absurdos como esse.

A "amiga" respondeu sem graça para o rapaz:

— Só falei a verdade... — Deu meia-volta e nos deixou a sós.

Mudar a forma de ver as pessoas passou a ser uma segunda atitude minha.

Enquanto tocada por aquele sentimento de falsa amizade e de desumanidade, concluí fazer desse fato uma promessa aos perfeitos.

Nada mais seria como antes no que se refere à amizade, afinal, amizade é uma relação de estima e tem como essência primordial a dedicação e a reciprocidade. As marcas que ficaram deste episódio serviram como fio condutor para dar um basta a outras tantas da espécie.

Ninguém nasce feito. Segundo as palavras de Paulo Freire: "Vamos nos fazendo gradualmente, na prática social da qual tomamos parte". Neste sentido, a vida foi gradualmente se impondo pelo contrário e legitimada pela necessidade. Adotei esta situação como um marco para mudar os modos de me relacionar com o mundo. Até então os modos costumeiros de relacionamento, aparentemente normais, eram como uma lei, não deviam ser confrontados. Mas graças a essa contribuição pude reconhecer que existem outras regras de relacionamentos com as quais se aprende a ser e a viver.

A situação aclarou vários aspectos para minha plena consciência. Um deles: eu reconhecer que muitas cicatrizes foram adquiridas num esforço de não querer magoar o outro.

Essas são coisas que levam tempo para serem incorporadas à vida. Por isso, convém pensar nesse ponto da minha individualidade. "Não posso esquecer quem sou e o que posso fazer, para assim não conceder aos outros o poder de demarcar o limite das minhas ações. Graças à capacidade de discernir, entendi que a maneira de cada um não reflete somente o seu individual, ela tem reflexo no coletivo. Uma má influência se espalha mais facilmente do que uma boa influência.

Nesta etapa da vida lembro-me de muitas coisas das vivências do campo e até sinto saudades, mas o desejo de viver uma cultura essencialmente humanitária e inclusiva transmudou meus sonhos para outro lugar.

Assim para transpor a escassez da vida resolvi migrar como muitas vezes fez a minha família, sem perder de vista que o nosso mundinho é o melhor lugar para se viver a felicidade. Porém, é claro, dentro dos limites de aceitar, sem responder e nem perguntar.

Nesse ponto vou fechar o ciclo para fazer entender que eu precisava de amplidão para viver e ser menos vista. Ser invisível e feliz, passar despercebida do que era imprescindível para muitos, mas não era essencial para mim.

Assim, foi possível compor.

O QUE EU QUERIA

Queria viver a liberdade de ser diferente.
Queria entender sozinha
O meu próprio cociente.
Queria pouco ou completamente
Viver para mim o meu suficiente!
Ser eu somente,
Eu simplesmente,
Para reorientar a mente
Em um lugar também diferente,
Sem a velha admiração,
Ah, Você é deficiente!
Que pena que dá
Para uma menina tão bonita!
Ter esse defeito, ter essa doença
Que deixa o corpo sem beleza!
E a vida descontente!".
Eu queria conviver
Com gente despida de preconceito,
Que olha e vê o defeito,
Mas não pergunta pelo efeito
Por ser um forçoso desrespeito
Que ninguém é obrigado revelar.

UMA AGENDA DE VIDA E CONSCIÊNCIA

Esta é uma agenda de vida e consciência
Que ganhou forma de arte e expressão
Foi na ação de ensinar e na ousadia de cada dia
Que vi sonhos e ilusões em realização se transformar
Foi através de projetos brinquedos e brincadeiras
Que pude ver trabalho na singularidade avançar
Os espinhos sempre traziam na sua ponta a magia
Para transbordar nossos dias de prazer e alegria.
Para cada abordagem um nível de experiência
Para cada momento uma dose de satisfação.
O avanço ganhou força na inventiva de ir
da escola a casa do aluno
na esperança que a presença viva
trocasse o desanimo por incentivo.
Independentemente do tamanho
ou das condições da unidade
o propósito era dar vida nova a escola
e um novo sentido para o estudo.
O trabalho sempre foi duro, mas permeado de afeto,
Por ele era possível identificar e compreender
os diferentes níveis sociais de cada um.
Feita por uma abordagem experiencial
Que ia da escola à casa do aluno!

UMA MULHER E AS SURPRESAS QUE A VIDA LHE PREPAROU

Era uma vez…

…Uma mulher que viveu em um mundo bem pequenininho e, ao chegar neste mundinho, ao nascer do sol de um dia de julho, mais precisamente às cinco horas da manhã, sob o estouro de uma dúzia de fogos, ganhou o nome de Maria. Prometida a ser professora, parece ter recebido, naquele momento, uma luz para guiar os seus passos. Assim como um nome com definições distintas, essa mulher assumiu destemidamente o sentido de ser MARIA.

Maria significa "senhora soberana", "vidente" ou "a pura". Maria significa "amar". Maria significa "oceano azedo ou ácido". Maria significa "mar de amargura", "a forte", "a que se eleva", ou, ainda, "estrela do mar". Ufa! Quanta definição para MARIA!

Posso dizer, não sou estrela, mas tenho o meu brilho; não sou soberana, no sentido da nobreza, mas tenho magnanimidade na minha condição objetiva de vida; que sei amar com afeição e respeito o meu semelhante; que sou forte e intensa no que é essencial para a minha vida. **Somos todos diferentes uns dos outros, embora dotados dos mesmos sentimentos. O que nos distingue é a nossa essência.** Eu, sem saber, queria ser parecida com MARIA: vidente, soberana, pura, amarga e forte…

Muito cedo descobri que a luz que deveria iluminar meus passos era a minha própria força. Em todas as fases da vida surgiu, vez por outra, situação existencial para brigar com o corpo. Na infância foi a imagem e o espelho. Na adolescência, a imagem e a máquina fotográfica. Na juventude, o corpo e a academia. Na terceira idade, o corpo e um amor nunca sonhado.

Na primeira infância, o corpo tinha o peso da inocência e a leveza da alma. Não via defeitos e assim sendo, ignorava as diferenças. Desse tempo, lembro de poucos episódios que marcaram grandes tristezas, até o dia em que tive a oportunidade de ver o meu corpo por inteiro em uma imagem refletida na lateral de um carro. Até então, essa era uma imagem completamente desconhecida.

Foi nesse tempo também que em alguns episódios rotineiros com colegas tive de mostrar minha valentia. Sofria com todo tipo de atitude preconceituosa, por vezes revidava com agressão.

Lembro de muitas cenas tristes. Em uma dessas, já saturada com tanta humilhação, perdi a paciência e bati em uma garota com força. Depois do episódio fui para casa, chorando de indignação. Minha mãe me deu apoio. Falou para mim: "Fez muito bem! Eu nunca incentivei violência, mas não é natural que todo dia seja achincalhada pela mesma pessoa e que guarde isso com resignação. Ela não se atreverá nunca mais. Vá tomar um banho e se deitar".

À medida que o tempo ia passando, o corpo se transformando, muitos conflitos foram surgindo. Aos poucos, o corpo, que era um suporte físico para a minha alma inquieta, foi adquirindo novos contornos, novos desejos e sentimentos. Parecia evoluir para outra dimensão. Os sentimentos e imagens ganhavam estímulos para algumas desavenças. A aparência passava a exigir uma atenção especial, e certos cuidados que antes não tinha nenhuma importância passam a ter outro significado.

Os sentimentos habitam o coração, manifestam-se na medida dos estímulos, incentivos e descobertas. Quando acontece, o corpo parece encarnar a essência do momento vivido.

Aconteceu comigo quando, pelo reflexo de um espelho, fiz uma descoberta. Aquela imagem moldada por tantos defeitos e que eu não conhecia. Descoberta que veio por meio de um espelho colocado à minha frente para me fazer enfrentar o medo da própria imagem.

A primeira fotografia do meu corpo, posso dizer, eu fiz junto ao espelho. Foi uma fotografia de corpo e alma. Por ela tive a percepção verdadeira do corpo físico. Naquele momento que a cópia de mim mesma era irreal quando comparada com o meu sentimento de corpo. Foi uma experiência péssima.

Na adolescência, o corpo tinha o peso da indefinição e a rijeza da alma. Já consciente de tantos defeitos, o sentimento era de intolerância com todos eles. A imagem agora ganhava um novo adversário: a máquina fotográfica. Tinha um medo irracional da lente fotográfica. Não conseguia me dispor com naturalidade para fazer uma foto. Uma amiga que era fotógrafa sempre pedia para relaxar o corpo e sorrir com os olhos.

Tirei poucas fotografias ao longo de toda a vida e sei que tem a ver com os vestígios de experiências ocorridas em um tempo de muita rejeição do corpo e da imagem. As melhores fotos foram tiradas em momentos de descuido. Pedir para eu posar diante de uma máquina fotográfica é oferecer-me o pior dos sacrifícios. Mesmo quando tudo já parece resolvido, absorvido e assimilado, a máquina fotográfica ainda não é consenso.

A fotografia é uma tradução que vai além da imagem porque adentra a intimidade dos sentimentos para revelar a arte pela fisionomia, pelos gestos, poses e reações que demonstram efeito de beleza, feiura, elegância, desleixo...

É brincando com as possibilidades que se tiram as melhores fotos. Não tenho essa leveza e pouco a pouco fui decidindo assumir os meus limites. Dentro desta visão destoada de mim busco evadir-me dos flashes, fugir das poses, porque entendo que forçar uma espontaneidade que não tenho é tirania desnecessária. Tenho espontaneidade para falar em público, interajo sem nenhuma dificuldade com as pessoas, mas a câmara me inibe, me sufoca, me reprime. É um sentimento pouco compreensível, mas aceitável, diante das peculiaridades da minha vida.

Na juventude, o corpo tinha o peso da responsabilidade e a disposição de admitir, mesmo a contragosto, que o corpo físico disforme precisava de suporte. A recomendação: os exercícios físicos. Mas com que coragem procurar uma academia? Seria um desafio a mais porque, com certeza, ganharia mais visibilidade do que o mais belo corpo da academia.

Seria um diferencial e com certeza todos iriam se perguntar: o que quer corrigir? O fato é que sempre bem vesti o corpo e a alma do que nunca me faltou: CORAGEM!

A academia ficava pertinho de casa. Lá fui muito bem recebida. Passei pelo processo inicial de averiguação médica e de avaliação física. No dia seguinte, quando cheguei, fiquei um pouco intimidada por aquele espelho enorme, fotografando todos os meus movimentos. Disse a mim mesma: "Não se sinta feia, nem bonita". Sinta gente, uma pessoa dotada com qualidades e defeitos".

De todas as brigas com o corpo essa foi talvez a mais tranquila. Já tinha maturidade para entender a importância do corpo físico na vida e saber que o corpo só é perfeito na medida do seu funcionamento fisiológico. Os traços fisionômicos harmônicos e as medidas corporais definidas não são o registro de um corpo perfeito.

Tinha plena consciência que meu corpo era diferente na medida em que me faltava parte dele. As marcas da poliomielite, como atrofia da perna, em espessura e tamanho, além da pouca resistência, não me deixavam esquecer esta percepção. A discórdia com meu corpo me incitou a construir com ele uma intimidade. Poder falar das minhas angústias e apreciar com maturidade esse sentimento foi uma decisão.

Ao chegar ao colégio para trabalhar resolvi contar minha aventura na academia. De alguns colegas recebi incentivo, mas o olhar de uma pessoa pareceu me condenar e ela não hesitou em demonstrar o que pensava, dizendo assim: "Você é corajosa, amiga! Porque eu, no seu lugar, não teria essa coragem. Me sentiria inibida diante de tantos corpos bonitos!" Respondi, ato contínuo "É! Eu também fiquei um pouco, mas como não fui competir beleza e sim buscar saúde e bem-estar, saí de lá em paz comigo mesma. Como se diz, "livre, leve e solta". Simplesmente não deixei de responder à provocação. "Fico triste, colega, que tenha esse pensamento tão pequeno de você e dos outros".

Esse tipo de comentário faz parte do contexto, porque a valorização do corpo ganhou destaque de mercadoria. O meu corpo é como o meu nome: soberano, capaz de exercer poder sobre outrem, tudo pela minha serenidade e força vital. Sofre os abalos da vida, mas se refaz.

Na terceira idade, o corpo tem o peso do tempo pelas mudanças operadas no organismo, ante a compreensão, agora, de mudanças no modo de viver.

As questões que envolvem esse tempo têm muitas especificidades. A vida ganha mais independência e discernimento para lidar com as situações. Apesar das evidentes vantagens desse tempo é um tanto irônico chamar de "Melhor Idade". Não existe fase certa para se viver a melhor idade. É apenas um jeito novo de falar da velhice. Temos muitos embates pela frente, somos sujeitos de um meio e suscetíveis às adversidades desse meio.

Quando eu era adolescente fiquei apaixonada. Quando adulta mais uma vez fiquei apaixonada. Nesta fase da vida chamada de melhor idade fui surpreendida por um amor tão grande que me esmagou o corpo e a alma na tentativa de mostrar a sua fortaleza. Cabe esclarecer que diante de todas as paixões a mais dolorida foi na "melhor idade", neste tempo tudo parece mais sensível, a dor, o amor... e até a felicidade!

O lado bom é o estado das coisas que atingiram seu desenvolvimento completo.

Para colorir esse tempo escrevi em comemoração aos 65 anos o seguinte poema...

COLORIR O TEMPO

Para colorir o tempo
Que marca os sessenta e cinco,
Precisei fazer uma viagem,
Armar-me de muita coragem,
Para, de forma independente,
Tomar consciência das perdas
Que o tempo não tenta esconder.
São manchas, sinais e vincos,
O testemunho mais verdadeiro
Que a qualidade da estética
O tempo fez vencer.
E para aceitar sem sofrer
O aspecto da plástica e da aparência,
É relevante aceitar que a ciência
Determina o tempo do envelhecer.
O certo só é incerto
Quando não se quer perceber!
E para colorir esse tempo
É preciso viver com prazer,
Sem preocupação com as marcas
Que teimam em aparecer.
São manchas, rugas, fios brancos,
É pele sobrando em todo canto
Que o espelho faz lembrar
O tempo de fato passou
E sem nenhuma intenção
Criou a fórmula do senão,
Que não aceita contestação
Ou envelhecer ou morrer.
Para matizar essa pintura,

Usei a minha criação,
Adotei novos significados
Que pintaram bons momentos
Descritos por minhas mãos.

Aqui e agora sou a MULHER

Um pouco de cada tempo, de cada envolvimento, a essência do meu ser.

Para revirar tudo pelo avesso e trilhar outro caminho — com outro estilo de vida que oferecesse possibilidade plural, principalmente no campo do trabalho, não medi esforços. Sabia que enfrentaria muitas barreiras, mas a consciência pedia.

Para concretizar essa ruptura, tinha de estabelecer relação com outras realidades, conquistar novos conhecimentos e buscar novos significados para a vida.

Nada aconteceu por acaso, tampouco de forma repentina. Foi uma construção, porque a vida pedia reforma, de forma modo que a costumeira forma ganhasse novos contornos para trilhar outros caminhos.

O tempo era de DITADURA MILITAR e até o pensar tinha de ser contido. Para viver em harmonia se ouvia sem retrucar. Desorganizada nos pensamentos, porque não me sentia livre para tomar as decisões, acatava a compreensão do meu pai para seguir. Sabia que ainda não estava apta a tomar algumas decisões. O projeto de vida de todo mundo tem dois caminhos a seguir: o estudo e o trabalho, uma feliz dupla para se pensar estabilidade.

Com apoio do meu pai, homem com uma visão para além daquele lugar, nós, as filhas mais velhas, fomos buscar novos projetos de vida na cidade vizinha. Estudávamos em escola pública e as dificuldades, em todos os sentidos, eram um convite a sobrelevar-se. Foi no campo do trabalho que ganhei a minha primeira oportunidade. E quase como por milagre, entre tantas candidatas, ganhei uma vaga de recepcionista em "um foto" (loja fotográfica).

Este foi meu primeiro emprego, ambiente cotidianamente frequentado por belas moças da cidade, que estampavam a capa de uma revista regional. Na verdade, este foto era um apêndice da *Revista Região*, idealizada pelo jornalista Osvaldo Alves, proprietário da referida loja.

A publicação, obra-prima do jornalista mencionado, também trazia em suas páginas a vida social e política do povo da região do Cariri. Um jornalístico permeado de afeto pelo icônico sanfoneiro Luiz Gonzaga, o Rei do Baião. Todos os anos a revista fazia a cobertura da Missa do Vaqueiro, em Pernambuco.

Por este motivo tive o privilégio de uma convivência bem próxima com o saudoso e insubstituível Gonzagão, que, apesar do título de Rei do Baião, de amplitude nacional, ao adentrar aquele ambiente parecia um "vaqueiro comum". Tinha abraço carinhoso para todo mundo.

Carregar o passado não é ficar preso a ele, é ilustrar as coisas como uma moldura da vida. Nesse tempo, eu trabalhava, estudava e cuidava dos irmãos mais novos. A cidade do Crato era agradável e ali eu tinha projetos para minha vida. Os laços já eram fortes quando perdi o emprego e recebi uma proposta de meu pai para retornar a Farias Brito e assumir um cargo na Prefeitura Municipal. Por muita insistência resolvi aceitar. O salário era tão irrisório que talvez equivalesse à quinta ou sexta parte de um salário mínimo. Era como se fosse uma ajuda de custo, o suficiente apenas para pagar o transporte do deslocamento para a mesma cidade onde residia anteriormente e, assim, poder dar continuidade aos estudos.

O ambiente de trabalho na Prefeitura cheia de vícios políticos não me agradava, mas, para o momento, era o que me restava. A desigualdade de salários era o que mais me revoltava

Funcionários que exerciam a mesma função com um grau de estudo bem inferior recebiam salários superiores. A escala não tinha critério administrativo, mas político. Para dar-me ao direito de continuar sonhando era relevante a compreensão do presente. A qualidade do emprego se dava pela amizade e/ou por outras particularidades, nunca pelo quesito da qualificação.

Sobre os sentimentos decorrentes desta experiência que eu não compreendia e não aceitava, mais do que agradecida pelo emprego, ali fiquei pelo contexto que, fundamentado na injustiça e na desigualdade, instigava a minha consciência crítica a buscar novos horizontes.

Todo ingresso para o serviço público se dava por apadrinhamento político, o que implicava uma eterna gratidão de quem recebia para quem "doava". Meu pai tinha certa influência política nesse meio e, ainda por mínima que fosse, às vezes conseguia alguma contrapartida.

Não tenho como esquecer quão marcante foi o momento em que vi meu pai entrar em casa muito feliz e falar: "Consegui um contrato de professora do estado para você!". Para dizer a verdade, o acontecimento extraordinário, em face do contexto, cheio de carências e limitações, era um grandioso presente.

Enquanto via meus sonhos desaguarem por esse caminho, tinha clareza que minha outra demanda era coisa para o futuro. As circunstâncias exigiam não me precipitar. Tem coisas que precisam ser vividas pacientemente e como nos dizem os ensinamentos divinos: "Tudo acontece no tempo certo". Este sentimento que me consolava também ensinava a não encurtar esse caminho.

Era um começo com gosto de recomeço. Se eterna era a gratidão que se tinha por ganhar a oportunidade de trabalhar mesmo qualificada, breve seria o tempo que planejava viver essa situação. Via o mundo com outro olhar e consciência e isso me pedia uma transformação, algo que me projetasse neste sentido. O meio não oferecia oportunidade e a intenção de mudar o meio não tinha receptividade. Sabia que podia fazer diferente em outro lugar, mas este desejo só podia ser projeto; sabia, ainda, que, desapegada, poderia ir muito além daquele limite. A decisão desafiadora ia se firmando a cada dia.

Era um desejo, como se diz, "uma viagem de mala e cuia" para levar todo o aprendizado da vida, na busca de avançar, de modo mais contundente, na medida em que a trajetória seria em outro lugar. Consequentemente mudaria a vida.

Entendo que os saberes acerca do mundo só ganham vida quando distribuídos com o outro. A proposta para trabalhar em educação abria uma fresta em razão do professor poder contribuir para uma nova mentalidade.

Esta perspectiva oferecia alavancar a carreira no magistério e, para ser assim, precisaria ingressar em um curso superior. Fiz vestibular para Ciências Biológicas, mas o verdadeiro desejo era fazer Psicologia. Mais um sonho reservado para o futuro.

Para dizer a verdade, passar no vestibular não foi o mais difícil, passei da primeira vez. Difícil foi cursar a faculdade, que ficava em outra cidade, a 44 km de distância. O deslocamento era precário em decorrência do meio de transporte que tínhamos à época. Nós mesmos, os estudantes utilitários desse meio, o batizamos de "cai pedaços" devido à má conservação.

A rotina era cansativa, mas o sonho que me acompanhava todos os dias ao sair de casa para a faculdade mostrava uma luz no fim do túnel. Sentia a vida me chamar. Não tenho ideia de quantas vezes ficamos parados na estrada, esperando conserto do carro. Vale lembrar que o tempo esperado em cada conserto frente à situação de pane servia para fabricar planos e instigar os sonhos.

Há um grande prazer em falar desse momento cheio de dificuldades, recordar as pessoas amigas que, mesmo diante das circunstâncias, se cercavam de força e determinação. Muitas vezes, em altas horas da noite, pelas estradas, ainda tinham senso de humor para encarar a situação com leveza.

A carreira no magistério iniciou-se em uma sala de pré-escolar e foi amor à primeira vista. Apaixonei-me pelo trabalho e pelos alunos. Convencida da importância deste trabalho fui moldando a minha prática a fim de dar novas formas às adversidades. Planejar esse percurso e dar-lhe significado era uma meta. Um amor nasceu e logo descobri que outros aspectos a dar vida iam depender mais da minha disposição do que da materialidade do contexto.

Tornar agradável a sala de aula e estimular o aluno a ser uma pessoa mais consciente, criativa e solidária era precisamente o que eu tinha de fazer.

Muito embora a escola fosse recém-inaugurada, as condições de trabalho eram precárias. Faltava material didático básico e as crianças, na sua maioria, eram filhas de pessoas de baixa renda. Muitos eram os filhos de agricultores. Nesse entretempo, como a cidade não oferecia outra opção de escola, havia dentre os alunos filhos de colegas professores, filho de gerente de banco, entre outros. Muitos episódios marcaram a vida dentro da sala de aula. Não foram poucas as vezes que me deparei com situações adversas, que serviam para confirmar que a representação fiel do modelo escolar parecia estar em desconformidade com a realidade. Isso confundia meu pensar-sentir, na medida em que tudo parecia mais figurativo do que real. Lamento por esse sentimento.

Em uma aula sobre higiene do corpo preparei uma dinâmica para as crianças, com os detalhes sobre a importância das regras de higiene, tais como tomar banho, andar calçado, lavar as mãos, escovar os dentes etc.

Após a aula, notei a falta de um aluno por dias consecutivos. No seu retorno à escola, mostrou-se acanhado. Seu jeitinho tímido e retraído marcava as razões da sua ausência.

Perguntei-lhe:

— Por que você faltou por tantos dias à aula?

Ele respondeu:

— Porque eu não tinha chinelo e você disse para eu vir calçado.

— É verdade, meu amor! A gente tem de vir calçado para a escola.

Porém, quando olhei para os pés dele e o vi com chinelos de adulto, cortados ao meio, tive o pior dos sentimentos de mim mesma. A impotência de não poder suprir o que desamparava este e tantos outros alunos seria motivo para atropelar indiretamente o meu trabalho, porque não sucumbiria aqui e ficaria fadada a passar por situações idênticas em tantos outros momentos.

Essas coisas não são possíveis de se prever porque não é responsabilidade da escola e sim da família. Abro um parêntese para ressaltar que, devido às condições socioeconômicas de muitas famílias, estes eventos eram possíveis de acontecer. Muitos pais não conseguiam arcar com a manutenção básica da criança. E o que se podia fazer diante de problema como esse era apenas amenizar.

No caso desse aluno, providenciei a compra de um calçado adequado para a idade da criança. E em outra direção, desmistifiquei o assunto para a turma na medida do possível. Professores são desafiados todos os dias. Por este testemunho cumpre entender que educar é um grande desafio. Quando estabelecemos com o conhecimento uma relação desigual com a realidade não contribuímos com as transformações que precisam acontecer.

A escola não pode ser mera repassadora de conhecimentos. Para além dessa função, ela tem a obrigação de oferecer mudanças nos limites de cada realidade.

Muitas vezes senti-me aprisionada nas escolas em que trabalhei. Mudar a escola dentro das suas necessidades e adequá-las à realidade sempre foi uma proposta difícil de cumprir. Tudo era baseado em regras, métodos, fórmulas e leis. Quem ousasse descumprir era hostilizado. Minha consciência, neste propósito, amedrontava a mim mesma e desafiava os demais.

Meus argumentos podiam até não causar o efeito desejado, mas contrariavam. Desejar e sugerir, intuída pelo meu compromisso, era o mínimo que podia fazer.

Tantas e tantas vezes percebi a desumanização ser instaurada na escola, em nome de projetos, métodos e regras absurdas. Seguia "nas entrelinhas", o que mandava o meu coração. Ignorei, vezes sem conta, aquele caderno de planejamento. E para dar novas formas ao modelo proposto eu me atinha à realidade, sem medo do cumprimento.

Adotei Paulo Freire como meu Mestre. Conforme sua pedagogia, a prática da liberdade, mesmo dentro de uma linha divisória, incitava o sujeito a descobrir-se.

No meu tempo fora da sala de aula preparava com muito carinho todo o material para atender à demanda na sala de aula; não havia espaço na escola para essa demanda porque o tempo era contado matematicamente, mas em mim não havia entendimento de que preparar o material para trabalhar era um apêndice de meu cotidiano fora da escola. Expressiva era a visão pessimista e irônica sobre esse adendo ao meu trabalho por parte dos colegas. Se fosse pensar (como muitos pensavam) que isto era perda de tempo, o reconhecimento de lutar por uma causa perdia o sentido. Seria como fechar os olhos e abandonar os meus projetos pessoais.

Normatizar para enquadrar nunca foi meu lema. Ensinar para libertar sempre foi a minha proposta, e digo mais: aprendi com meu Mestre e confesso que a rebeldia me valeu alguns títulos negativos e positivos, como: amarga, desobediente, competente, capacitada, comprometida. Nunca me preocupei com isso porque tinha a convicção de que, por um caminho ou por outro, o objetivo maior era alcançar o meu aluno naquilo que eu melhor pudesse fazer.

Tinha muita habilidade para alfabetizar e a maior felicidade era vivenciar o momento do pico, aquele momento mágico em que o aluno compreende o processo e parece que descobriu o mundo. A felicidade era dupla.

A maior parte da vida trabalhei em sala de aula de alfabetização. A melhor lição foi tirada da escola da vida — brincando de educar, espalhei conhecimento e consciência.

Endurecida por tantas regras, almejava uma escola mais livre e, ao mesmo tempo, mais solidária. Em um contexto concreto, a dolorosa compreensão de que muitos alunos se evadiam da escola pela ausência de material básico como caderno, lápis e borracha me fez compensar "um bem perdido". Munida dessa certeza invisível aos olhos desatentos de muitos, vi que era possível confirmar essa asserção.

Eu e minha irmã, também professora, trabalhávamos na mesma unidade escolar. Conseguimos enxergar com os olhos da alma essa verdade e, a partir de então, passamos a comprar com nosso pequeno salário o material para suprir aqueles que porventura estivessem na condição de carência, sempre com o cuidado de não eximir a família da sua responsabilidade, bem como a escola do seu papel.

Lutar para que o aluno e a família tivessem a compreensão de que a verdadeira solidariedade não estava apenas na doação do material, mas na importância do estudo e do aprendizado, era uma constante na minha vida de professora. Atitude que me serviu de termômetro para medir o limite de percepção da família e do aluno sobre a importância da escola, do estudo, do respeito. Ensinar como se deve ensinar, ninguém ensina; é uma presunção. A dinâmica da sala de aula não é uma equação exata.

Cada sala de aula é um universo e cada aluno é um todo, mesmo que lhe falte um pouquinho para completar esse todo, como acontece com os deficientes.

Para encontrar esse todo é preciso quebrar, remexer, revirar, sacudir e, depois, unir com amor na esperança de formar esse todo desejável, alimentado da capacidade de aprender. Tal lição eu tirei da escola da vida, diante das dificuldades e da falta de apoio para trabalhar. Na prática aprendi o quão é complexo trabalhar em escola sem uma equipe multidisciplinar, que dê suporte ao professor e ao aluno. Digo isso porque o público que recebemos é bastante diverso e vai desde alunos com Transtorno de Déficit de Atenção e Hiperatividade, dislexia, autismo, àqueles mal comportados.

O processo de aprendizagem ficava completamente a cargo do professor que, apesar de ser munido de saber e boa vontade, carecia de apoio de outros profissionais, tais como psicólogos, fonoaudiólogos, psicopedagogos, entre outros.

Muitas vezes me vi "entre a cruz e a espada", como se diz, mas nunca perdi a disposição para encarar o desalinho, como se fosse apenas mais um desafio.

Vim do interior disposta a morar e trabalhar em um meio mais desenvolvido, não somente com melhores condições estruturais, mas, principalmente, com uma proposta didático-pedagógica melhor. A realidade que encontrei não foi a que imaginei, muito menos a que sonhei. O que mais me chamou a atenção no trabalho foi a diferença entre o corpo discente do interior e da capital.

Aqui considero importante situar meu leitor e dizer que falo de uma realidade específica, porque, a princípio, fui lotada em uma escola de periferia, localizada em um bairro que, à época, já figurava nas estatísticas como um dos locais mais violentos da Capital e aí leia-se briga de facções por território, roubos, assassinatos, prostituição, violência familiar e por aí vai.

Dado ao contexto, certos meninos tinham uma vivência de mundo completamente diferente daqueles com quem eu trabalhara no interior. A relação entre a escola e a família também era outra. Boa parte desses alunos, "roubados" dos seus direitos de serem crianças na plenitude, ocupavam-se de outros afazeres e não assumiam o estudo com a devida responsabilidade, como era esperado por uma professora cheia de sonhos.

Diferentemente dos alunos do interior com quem trabalhei, os alunos da capital mostravam-se, por assim dizer, "transgressores". Os primeiros, apesar de sofrerem diversos tipos de carência socioeconômicas, tinham certo acompanhamento familiar quanto à formação pessoal, mesmo quando a família era desamparada do conhecimento formal. Já os últimos, por uma série de questões que atravessavam seu cotidiano, não contavam do mesmo modo com a presença mais direta da família que, por sua vez, tinha uma relação distante com a escola.

Esse novo universo, em princípio, parecia se desmontar, e o desejo de alcançar um novo propósito apresentava muito mais objeções em virtude de outras particularidades.

A impressão que tive ao chegar à unidade escolar da capital foi dolorosa. A escola era feia e precária. Não tinha quadra, auditório, biblioteca, refeitório. E a diretora não mediu palavras ao me apresentar o perfil da turma com que eu iria trabalhar.

Em sua sala, falou-me de forma contundente: "Tenho uma turma de 33 pequenos marginais. Todos são repetentes, fora de faixa. E alguns com um histórico de vida já marcado pelo uso de drogas, pequenos furtos e prostituição".

E continuou, sem papas na língua: "São frutos de famílias muito pobres e desestruturadas e, o mais grave, sem compromisso nenhum com a escola. Essa turma já mudou de professor diversas vezes durante o semestre. Nesse momento, por falta de professor, quem está em sala de aula é a vice-diretora".

Concluiu a diretora: "Estou falando assim, professora, para lhe dizer que essa é uma turma considerada fora dos padrões normais para a escola. Já tivemos muitos problemas e eu não vou omitir para você não se surpreender".

Pensei comigo: que apresentação, não?

A situação me assustou, mas a minha transferência dependia dessa vaga. Já havia consultado a Delegacia de Ensino do estado e sabia que não me sobrava alternativa. Mas isso não me afastou um milímetro da minha decisão de me mudar de cidade. Como quem não quer ver, tendo tudo às vistas, decidi aceitar.

A diretora falou para mim: "Vamos lá professora conhecer a turma, in loco". Chegando à sala de aula tive a confirmação do que dissera há pouco a diretora. Foi a pior impressão que tive na vida, não vira nada igual até então. Os meninos corriam, jogavam papéis, andavam por cima das cadeiras. Uma verdadeira zorra.

A diretora falou bem alto: "parem, seu bando de abestados!". Os meninos atenderam. Sentaram ficaram bem quietos enquanto ela falava: "Esta é a professora que vai assumir a turma a partir de agosto", disse ela com voz alterada. De forma natural os meninos olharam para mim e falaram: "essa aleijada?". A diretora respondeu: "Esta professora!".

Superado o impacto deste primeiro momento, eu tinha consciência do tamanho da responsabilidade, mas o desejo de contribuir com aquele ambiente de desamor era movido por uma força inexplicável, a força de nunca justificar um fracasso como processo natural.

Toda reconstrução requer mudança de mecanismo e de postura. Pensei o que posso ensiná-los, meu Deus? Penso que só você sabe! Estas vítimas da sociedade, a esta altura da vida parece que já perderam a capacidade de sonhar. Tenho de começar pelo princípio de tudo, pelo desejo de contrapor a tudo que vi e senti, ensiná-los a compreender este mundo como parte de um passado ainda sugerir que em uma contrapartida de esforços encontremos o produto final. Um saber consciente.

Fui recebida com desconfiança pela turma, mas com a certeza de que seria bem-sucedida, dei início ao trabalho formal.

Não os repreendi pela atitude de má educação na primeira visita, muito menos dei qualquer justificativa para minha deficiência. Já havia feito um pacto comigo mesma que só falaria de deficiência quando fosse perguntada. O tempo se encarregou de trocar o desconforto por uma relação de confiança e amizade.

Meu projeto não era ensinar a decodificar letras, memorizar palavras somente para fortalecer e ampliar a comunicação. Meu projeto era educar para uma vida digna, em que eles, como sujeitos da sua própria história, pudessem se apropriar de uma consciência crítica para além dos conhecimentos.

O trabalho era árduo, mas prazeroso. No final do ano, em apenas um semestre 95% dos meus alunos "marginais" estavam capacitados a ler, escrever e interpretar pequenos textos. E o melhor: passaram a ter frente à vida um comportamento que me enchia de orgulho. Quando da entrega do resultado, a diretora me disse: "Professora, você merece uma medalha, como não sou eu que dou a medalha, dou-lhe apenas meus parabéns. Obrigada pelo seu trabalho, pela sua dedicação. Isto sugere que nem tudo está perdido".

Meu estado de ânimo me dizia estar no caminho certo. Na verdade, nada fiz de extraordinário, fiz apenas o meu trabalho com amor e responsabilidade.

Passei alguns anos lotada nesta unidade escolar e, pelo reconhecimento ao meu trabalho, fui escolhida para coordenar uma unidade escolar menor, vinculada a essa escola. Fui ser coordenadora pedagógica. Cercada por milhares de dificuldades e às voltas com muitas discordâncias de que eu tinha com a gestão, fui perdendo a motivação à medida que via as promessas feitas para a escola serem constantemente descumpridas. Em consequência da minha postura senti a necessidade de renunciar. O que nutria a minha ação educacional era a possibilidade de promover transformações naquele ambiente tão desafiador.

Neste caso, me sentia podada, presa às regras das quais discordava. Isso tudo queria dizer que meu espaço na escola tinha um nome: sala de aula. Com a renúncia tive de mudar de unidade escolar. Sabe como tudo aconteceu? Da forma mais constrangedora possível. Fui devolvida para a Secretaria de Educação pela mesma Diretora que um dia falou que eu merecia uma medalha. Vislumbrando uma oportunidade de realocação para dar continuidade ao meu trabalho, segui em busca da vaga na Delegacia de Educação do Estado.

Fui realocada em duas unidades escolares completamente diferentes. Uma unidade era administrada por religiosas e conveniada às secretarias de Educação do Estado em um turno e no segundo turno conveniada com o município. Tinha seu corpo estudantil formado apenas por meninas. Eram crianças com condições financeiras bem diferentes quando comparadas à maioria do alunado de escola pública.

A trajetória múltipla me levava a assumir o segundo turno em outra escola, já que não havia duas vagas em uma mesma escola. Essa outra unidade era na periferia e a diretora, que já parecia vitalícia no cargo, me recebeu da seguinte forma: — Professora, tenho uma vaga nesta unidade, mas para trabalhar comigo tem que rezar na minha cartilha, que é a cartilha do governo —, respondi prontamente: — então não serve para mim porque eu só rezo na cartilha do aluno —, ela se levantou, olhou no meu olho e falou: — Gostei do seu desafio. A vaga é sua.

As duas escolas tinham perfis semelhantes no seu aspecto geral porque trabalhavam o mesmo projeto pedagógico, mas havia uma diferença significativa no que se referia ao corpo discente.

A escola religiosa primava pelo zelo e carinho da unidade, por ser uma propriedade particular. Cuidava com muita atenção das alunas, havia um compromisso religioso com as famílias.

A escola era limpa, organizada e tinha condições estruturais para atender à demanda do público beneficiário. Apesar do modelo convencional tinha um calendário cultural cheio de atrações e muita arte envolvida. A integração da família com a escola era compromisso assumido, o que contribuía para um bom índice de aprovação. Tinha regras rígidas no que se referia a fardamento e material didático, além dos conceitos comportamentais. As meninas não podiam usar maquiagem, acessórios. Em dia de festividade era liberado o uso.

A outra escola patrimonial era feia e desorganizada, com muitas deficiências na condição estrutural. Era uma escola grande, com mais de vinte salas de aula, em todos os turnos e todas superlotadas, com um número de aluno além do permitido. Não havia biblioteca, quadra de esporte e refeitório. O perfil dos alunos era bastante heterogêneo. A maioria era desabilitada para a próxima série, mas acabavam sendo matriculados automaticamente para atenderem a um sistema de ensino que não dava conta do seu propósito e que precisava da estatística. Um crime! Olhar para frente e abrir caminhos na direção do que eu poderia fazer foi sempre uma constante nesse mundo de escola.

A sala de aula era o meu universo e independentemente do que acontecia "lá fora", eu desenvolvia o meu trabalho com muito afinco, amor e dedicação. Muitas crianças desamparadas dos cuidados rotineiros da família precisavam do meu olhar atento para enxergar coisas urgentes. Embora ciente do meu lugar não conseguia me omitir diante de muitas situações. Por vezes fui mãe, psicóloga e até mesmo médica. Na esperança de contribuir com alguns alunos carentes, não raras vezes tomei atitudes extremas. Meu ideal, avesso a tudo aquilo que via no dia a dia da escola, me impulsionava para além do que eu podia, pois não acredito em amor sem doação.

Muitas cenas tristes dentro da sala de aula chamavam a minha atenção. Às vezes, eu chorava e a diretora me chamava de "frouxa". Algumas cenas eram muito fortes, extrapolavam o meu entendimento de desigualdade. Muitos meninos, na volta do recreio, suados, fedidos e cansados, coçavam a cabeça desesperadamente e os piolhos escorregavam pela roupa.

Apesar de expressar cuidados com meus alunos tinha consciência que muito do que fazia não era responsabilidade da escola porque não estava em conformidade com as atividades pedagógicas. Para atuar nestas situações que extrapolavam atividade de ensino aprendizagem, usava momentos extras e com a alma despojada de qualquer tipo de censura, inúmeras vezes eu pratiquei solidariedade.

No caso específico dos piolhos, a luta a travar era dar conta de resolver o problema na própria escola, pois sabia que mandar para casa, para a família assumir a responsabilidade, era a mesma coisa que ignorar a existência do fato.

Firmado por meio de acordo com os alunos foi possível deliberar sobre o problema. A primeira atitude foi conversar com a Diretora para só depois levar o assunto para a sala de aula, com o devido cuidado para não constranger ninguém e por último oferecer o tratamento na escola.

— Vamos falar de uma coisa que está incomodando muita gente quando do retorno do recreio. Alguém sabe do estou falando?

O silêncio e a expressão de constrangidos pareciam responder:
— Piolhos!

Não dispondo de alternativa, o que pude fazer diante do impasse foi sugerir:

— Posso sugerir?

— Sim.

— Olha só, tem muita gente voltando do recreio desesperada com coceira na cabeça! Alguém imagina a causa?

Só um respondeu:

— Penso que sei, tia. É por causa dos piolhos!

— Eu também concordo!

— Como vamos fazer para acabar com os piolhos?

Eu, então, respondi:

— Vamos começar pelo início de tudo: conhecimento!

E prossegui:

— Esse parasita pode colocar 250 ovos durante sua vida. Eles duram três semanas, são denominados de lêndeas e ficam firmemente presos aos fios de cabelo. Em uma semana eles eclodem e passam a se alimentar do sangue de vocês. Existem várias formas de se acabar com os piolhos. A melhor é deixar a mamãe catar. Não sendo feito assim, restam outras formas, como loções e xampus apropriados, sem contar as mezinhas da vovó. Aqui na escola existe um remédio caseiro produzido com melão de São Caetano, advindo do saber popular. Ele é preparado aqui, pela diretora, e é bastante eficaz!

E concluí:

— O tratamento consiste em lavar o cabelo com uma infusão feita com melão de São Caetano, deixar por um tempo e depois pentear com um pente fino para limpar todo couro cabeludo. Deve de ser repetido até eliminar todos os parasitas.

A necessidade de desenvolver qualquer ação desse tipo ultrapassa o papel do professor que, por vezes, necessita da contribuição de outros profissionais. Nesse caso foi possível, pois a diretora se solidarizou com a causa.

A diretora desta escola era uma mulher com um perfil de dureza e intransigência muito acentuado, mas vez por outra deixava jorrar o seu lado humano e solidário. Dentro da sua lógica de sentimentos, as realizações que planejava para escola, "meras utopias", ganhavam força nas promessas do estado. Nesta perspectiva, suas ideias já pareciam realidade.

O exercício habilidoso da diretora poderia ter sido mais exitoso, não fosse a extremada confiança que ela tinha nas coisas do estado. Essa era a marca forte do seu trabalho: cumprir leis, regras e determinações. Dizia sempre que descumprimento é uma espécie de crime.

Na minha ótica, alguns pormenores físicos e de personalidade chamavam atenção. Era um tipo inesquecível, altivo, elegante. O semblante de seriedade contrastava com algumas das suas brincadeiras. Habilidosa com as artes, seus inventos e sabedoria eram demandas muito bem vindas em algumas atividades da escola.

Uma mulher exótica e apaixonada pela escola. Sentia-se como se fosse uma propriedade do Estado, tamanha era a disciplina dela com as coisas do estado. Seguia à risca o que dele viesse. Daí ter sofrido tanto quando convidada a se retirar da escola por haver completado o seu tempo de aposentadoria. Não entendeu, ficou indignada. O efeito produziu nela um sentimento de injustiça.

Mediante o acontecido, seu sentimento de amor ganhou reforço para o contrário: deixou de ser colaboradora e passou a ser opositora.

O presente, intensificado pelo passado, fez-me ver, por este testemunho, que para desmembrar a professora em uma pessoa com mais predisposição de aceitar e respeitar as opiniões dos outros não necessariamente é preciso ser subserviente.

A pessoa pode seguir pela linha contrária e ainda ganhar confiança e respeito. Minhas colegas diziam sempre que eu era a única que a desafiava e ela respeitava mais a mim do que a elas.

Para além dessa responsabilidade de professora estava o desejo de transformar as inúmeras barreiras, vislumbrando mudanças. Não era dever estabelecido, mas para ter alunos bem-sucedidos no convívio da minha sala de aula fiz as coisas diferentes várias vezes. Cuidei de ferimentos, de piolhos, visitei famílias fora do meu horário de trabalho, bem como fiz muitas reuniões em horários divergentes da escola só para poder conversar com os pais.

Em virtude do modelo de vida, muitos desses pais ficavam impossibilitados de comparecer às reuniões nas horas determinadas pela escola. Para contribuir com familiares, no sentido de minorar as dificuldades e o caos que se tornava a sala de aula em função dessas ausências, me dispus muitas vezes fazer muitas coisas extras na escola.

Em muitas oportunidades eu ouvi de colegas que era besteira fazer reunião aos domingos ou feriados para atender alguns pais que não compareciam no dia do encontro geral, acusados que eram de não terem compromisso com a escola e responsabilidade com os filhos. Bem verdade que a carapuça não serve a todos, mas a boa parte, sim.

A pressão de um segundo convite servia para mostrar que esse desalinhamento de conduta do papel de pai e mãe estava no sentido contrário à educação. Ao propor outra data, estava engendrando uma nova ferramenta de alcance, como uma contribuição para um diálogo mais próximo. Desse modo, conseguia alcançá-los pacificamente sempre na esperança de avançar no trabalho.

Se fosse para analisar pelo contexto geral da escola, talvez eu chegasse à mesma conclusão que alguns colegas, mas nunca me permiti assim fazer — e não era por vaidade, nem para supervalorizar meu trabalho. Era o peso da responsabilidade e do compromisso. Para além da coletividade estava o meu compromisso individual com meu projeto pessoal, que era educativo e social.

Entendo que em escola nada pode ser absoluto. É um universo cheio de adversidades que não se transforma por acaso. Trabalhei de diferentes formas. As especificidades do momento davam a forma didática para desempenhar o trabalho.

Foi na diferença que conheci o valor da igualdade. Ouvia críticas, mas não posso negar os elogios. Alguns extrapolavam o limite das possibilidades. Um dia, a vice-diretora dessa mesma escola falou assim para mim: "Se pudesse xerocar você, assim eu faria, para findar essa etapa de ensino e promover todos esses meninos que estão aqui, repetindo a mesma série por anos e anos".

O sentido teve caráter intencional, porém, a verdadeira reflexão sobre a problemática escolar carecia de um escarafunchar amiúde dos negrumes do tempo. Reporto-me aos processos desconectados com a realidade escolar, tais metodologias de ensino, quantidade excessiva de aluno por sala de aula, alunos com diversos transtornos sem o devido acompanhamento, professor desabilitado para o cargo, entre tantos outros.

Para aliviar o desejo impossível da vice-diretora, coloquei minha experiência à disposição dos colegas, com a devida consciência de que "ninguém ensina ninguém a ensinar". A intenção que aliviava a "sede" da vice não ganhou a receptividade desejada em face do juízo de valor preconcebido. "Se somos todos professores, formados para a mesma função, subtende-se que ninguém é mais sábio e nem valioso que o outro". Enfim, santo de casa não obra milagre. Meu trabalho, em ambas as escolas, tinha o objetivo de esgotar todas as possibilidades de fazer alavancar o ensino, evitando sempre qualquer classificação.

As escolas religiosas trabalham seu projeto pedagógico focado nos princípios da sua religião e não há como negar que contribuem muito para a disciplina.

O trabalho em si tinha projetos diferentes porque as situações eram distintas. As especificidades de cada uma merecem olhares diferentes. O senso só era comum para quem vivia a realidade a distância, como os gestores da Secretaria de Educação do Estado do Ceará (Seduc).

Educação não tem forma pronta. É preciso moldar conforme as necessidades.

Não há como pensar as duas escolas sem compará-las.

Do que já falei, uma em relação a outra, a mais significativa diferença era o início do ano letivo, o modo como a escola recebia os alunos.

No estabelecimento religioso, esse início era bem peculiar. As alunas se sentavam no piso de uma galeria bem comprida, em silêncio, olhares atentos, para uma espécie de acolhida com temas livres: reflexões, conversas informativas, música, oração. Dava-se, então, verdadeiramente, o início das atividades. Era um momento muito bonito, que não deixava de nos envolver pelo poder sugestivo da religiosidade. O conjunto dessas atividades ficava ao encargo dos professores e da coordenadora pedagógica. Tinha um dia para cada professor. Eu, apesar de achar bonita a dinâmica do momento, por vezes acabava por discordar.

Por ser uma experiência com fundamento na religião, vez por outra se desalinhava do contexto educação para dar ênfase à religião.

Lembro-me de um episódio bem pitoresco. Foi o dia em que chegou a merenda escolar, que há dias estava faltando. Penso que o entusiasmo que impulsionou a irmã — coordenadora pedagógica — foi mais religioso do que educativo.

Para agradecer a chegada da merenda escolar, a irmã falou para as alunas: "Hoje é um dia muito importante para vocês, meninas, porque o governador mandou merenda para a nossa escola. Então, vamos dedicar a nossa oração do dia em agradecimento ao seu 'ato de bondade'". Eu não gostei do "ato de bondade" e fiquei incomodada. No dia seguinte, a mim dedicado para fazer a acolhida, resolvi conversar sobre o assunto: "Hoje, vou conversar com vocês sobre o momento de acolhida da segunda-feira. Lamento assumir que não gostei de ver a irmã pedir para fazer 'a oração pelo ato de bondade do governador', por ele ter mandado a merenda escolar. Pois bem! Quero perguntar: vocês sabem, por acaso, por que chega merenda na escola? Sabem com que dinheiro o governador compra a merenda escolar?

A merenda escolar é um suplemento alimentar instituído por lei para suprir a necessidade alimentar dos alunos de escola pública. Ela é comprada com recursos públicos, chamados de impostos.

Quando efetuamos qualquer compra, parte do que pagamos fica com esses governantes (esse dinheiro é chamado de imposto). Depois eles nos devolvem em forma de obras, serviços, mantimentos para as escolas, hospitais, pagamentos de funcionários. Por isso, meninas, vim conversar com vocês. Rezar? Podemos, por qualquer um! **Só não se deve confundir reza com dever. Pois mandar merenda para a escola não é ato de caridade de governador nenhum. É obrigação".**

Terminada a acolhida, fui advertida pelas colegas: "Vai ser devolvida!". Aí perguntei: — E vocês? Vão ficar de qual lado?

Fui chamada imediatamente pela diretora para conversar. Seguiu o seguinte diálogo:

— Você me desmoralizou, me desmentiu perante alunas e professores!

— Não, irmã! Eu apenas aproveitei o momento para fazer um esclarecimento, com respeito à realidade que se estampou ali para aquelas alunas. Foi um registro fundamentado apenas na religião, desconhecendo fundamentalmente o papel educativo da escola. Não estou contra nem a favor do governador, mas tenho uma tarefa a cumprir aqui ou em qualquer escola que eu trabalhe. Como educadora não posso me omitir a dizer uma verdade tão necessária! Se a senhora quiser me devolver não tem problema.

Esse foi um tempo bem difícil em minha vida. Em consequência dos problemas ocasionados pela poliomielite, tive que me submeter a diversas cirurgias. Fiquei de licença-médica por dois anos ininterruptos, por isso ouvi, muitas vezes que, se não retornasse para a unidade escolar seria devolvida.

Eu sabia que estava amparada por leis. Neste momento de profunda dificuldade, não foi fácil experimentar estes dissabores; ter de ouvir absurdos sobre um direito principalmente vindo de uma religiosa, serviu para me fazer compreender o mundo de aparências e para me tornar mais forte na minha fragilidade momentânea.

Ninguém pense que uma batina ou um hábito religioso é sinal de generosidade porque não é não! A vida me ensinou muitas lições nesse tempo de sofrimento. Além das dores físicas, os traumas sofridos na perícia médica para servidores do Estado. O atendimento era desumano, não acatava o laudo do meu médico com as observações características do problema e o tempo ali descrito, o que me obrigava a retornar todos os meses, mesmo que sabendo que eu ainda não tinha condições de assumir minhas atividades.

Na época, cheguei a procurar o presidente do Instituto de Previdência do Estado, o Secretário de Saúde, para pedir a sua intervenção, pela percepção e entendimento desse meu tempo vivido sabia que precisavam de uma escuta mais sensível,

Esse tempo celebra muitas mudanças na minha vida, inclusive a transferência de escola. A unidade conveniada de que estou falando descontinuou o convênio com o Estado. Valendo-me da oportunidade, como havia vaga na escola em que já trabalhava, fiquei com os dois turnos na mesma escola. Essa transferência teve um fator positivo no sentido de concentrar o trabalho em um único local.

O presente situava-se no esforço de uma nova perspectiva entre a realidade do hoje e do amanhã. A Diretora fora convidada a deixar o cargo em virtude de sua aposentadoria compulsória e fui convidada a compor a chapa de diretores, com o cargo de Diretora Pedagógica. Apesar de já ter vivenciado experiência nada agradável em cargo de direção, resolvi aceitar. Agora, o processo de escolha era diferente, dava-se por eleição, subtendendo-se mais liberdade e autonomia para trabalhar.

Passado o período complicado de eleição veio a fase de treinamentos e adequação à nova função. O que se podia fazer por uma unidade escolar nas circunstâncias de caos em que se encontrava, em todos os sentidos? Era o que me perguntavam.

À medida que me aprofundava sobre as condições da unidade escolar e o tamanho da responsabilidade, eu me sentia mais aflita e impotente. Enquanto diretora pedagógica, o desejo de entender e o poder de fazer por esta escola (em péssimas condições estrutural e funcional) eram tão pequenos quanto uma gota de água no oceano.

Quando lembro do primeiro dia, parece que um filme vem à minha mente!

Era período de matrícula e a escola não tinha funcionários para atender à demanda. Nós, recém-eleitas diretoras, assumimos com a certeza de que daríamos conta de realizar tarefa tão absurda. Era quase um sonho.

A grande proposta era fazer uma "revolução", conforme pontuado:

- Implementar um modelo de administração compatível, criando-se canais de comunicação com todos os setores da escola: funcionários, professores, alunos e pais.

- Abrir as portas da escola em horários alternativos para oferecer atividades extraclasse, nas áreas dos esportes e das artes.

- Oferecer oportunidades de inclusão aos alunos com traços característicos de necessidades especiais: crianças em condições físicas, intelectuais, sociais, emocionais e sensoriais diferenciadas (repetentes, rejeitados, renegados, inseguros), com o amparo de novas perspectivas de transformação de metodologias e ações voltadas para as suas dificuldades.

Primeiro, era preciso recuperar emergencialmente piso, telhado, portas e janelas, totalmente deterioradas pelo tempo. Quando chovia forte tínhamos que amontoar alunos ou retirá-los para outros ambientes. Construir biblioteca, quadra esportiva e sonhar com a possibilidade de um refeitório, era meu sonho de consumo para a escola.

Em meio a tamanha desarmonia, fomos abrindo frestas de esperança, criando formas simples para driblar as dificuldades.

Os conhecimentos advindos da experiência de anos de trabalho com educação me fizeram traçar de forma adequada essas novas perspectivas. Enfim, um projeto inicial que emergia do meu sentimento sobre o espaço e o meu compromisso com os pontos que precisavam de mais atenção.

Dividida entre a função pedagógica, trabalhos burocráticos e por vezes até os serviços gerais (como limpar a sala dos professores pela falta de funcionários), sentia o desespero de não cumprir o prometido na campanha para a eleição.

Não obstante a caminhada espinhosa, o desânimo não me abatia. Simplesmente porque eu tinha sonhos e projetos a concretizar. Com a sede de fazer diferente, busquei água em todas as fontes para suprir aquela secura.

De maneira determinada, com alguns projetos em mão e muitos sonhos no coração, fui à procura da fonte mais importante: a Secretaria de Educação do estado. O sonho de lá sair com alguma solução me encorajava. Era minha primeira audiência com o Subsecretário de Educação. Na minha pasta, uma lista com muitas reivindicações para a escola.

Antes do horário com ele marcado, fui abordada por um desconhecido, verdadeiramente magoado, me pedindo para participar de uma licitação da escola. Essa aproximação chamou-me a atenção por achar que havia ali um equívoco. Falei para ele passar na escola e pegar a carta-convite, pois a licitação era livre. Foi aí que veio a surpresa. Ele me respondeu:

— Não, é não! Já por várias vezes tentei participar da licitação da sua escola, porque ela é grande e sei que entrará muito recurso.

— Tem certeza de que não está falando de outra escola? Participo de todas as licitações e sempre ganha a empresa que oferece o menor preço.

— Pois digo: quem está enganada é a senhora. Lá existe um acordo. Aquelas empresas que não ganham as licitações são empresa de faixada, há um acordo fechado — esclareceu ele, para meu espanto!

— O que você está me dizendo é muito grave. Vou procurar saber sobre isso e depois o senhor pode me procurar lá na escola mesmo para receber sua carta.

Depois de um evento desses, nada tinha mais importância do que o desejo de chegar à escola para pedir esclarecimentos. Mesmo sem conhecer aquele senhor, muitas dúvidas e a ansiedade para marcar o tempo de espera.

Finalmente chegou a hora da reunião. O Subsecretário sem nenhuma proposta concreta com algumas promessas futuras me liberou.

De volta o mesmo senhor estava me esperando, me ofereceu uma carona e, no percurso, me convenceu do que estava acontecendo. Chegando à unidade escolar, encontrei a diretora financeira e contei o acontecido. Ela ficou ainda mais estarrecida uma vez que era ela a responsável pelos recursos financeiros da escola.

A situação sugeria uma conversa, agora, com a diretora geral, a pessoa que, segundo o desconhecido, tinha fechado o acordo. Fui direto ao assunto e narrei o ocorrido no dia anterior.

— Ontem, quando esperava a hora da audiência com o Subsecretário de Educação, um senhor me abordou para reclamar que não podia participar da licitação da escola porque havia um acordo fechado com uma única empresa e que as demais que participavam eram fictícias. Nesse acordo fechado, a Diretora levaria 30% de todos os recursos que chegam à escola.

— Responda-me, por gentileza e com responsabilidade, isso é verdade?

Respondeu que não era bem assim.

— O que há é o seguinte: os recursos têm destino certo, não se pode desviar de um setor para usar em outro. O dinheiro que recebo é gasto aqui mesmo na escola.

Não satisfeita, prossegui com o questionamento, de teor acusativo:

— Então você confessa que fechou este acordo sozinha, sem conversar conosco por todo esse tempo? Assim participamos dessas irregularidades também? Cheques e documentos assinados inocentemente nos levava para mesmo crime? Pois eu não fico mais na função assumida, amanhã mesmo vou entregar meu cargo.

E assim o fiz.

Fui à Secretaria de Educação e lá falei do acontecido e da consequente disposição de entregar o cargo, impulsionada por minha discordância de tudo. Sem muita surpresa, o Subsecretário disse para mim: "Tenha calma. Vou avaliar os acontecimentos. Tenho conhecimento de que você está fazendo um excelente trabalho pedagógico, reconhecido pela Equipe de Ensino da Delegacia Regional de Educação (Dere) e não deve se precipitar.

Vou mandar averiguar". As palavras dele em nada me acalmaram, como também a colega diretora financeira da escola, que comigo estava. Voltamos à unidade escolar com a decisão tomada de não mais continuar.

    Uma sindicância se instalou na unidade por vários dias, criando um clima de desavença. Fui hostilizada por alguns funcionários e pequenos grupos de alunos organizados por estes funcionários. Passei bastante tempo respondendo administrativamente a processos. Tive muita dificuldade de ser realocada em outra unidade escolar por carregar comigo o estigma de "traidora". Pouquíssimos foram os diretores que me deram apoio. Alguns, quando me encontravam nessa peregrinação para ser realocada, simplesmente me ignoravam.

    Mais triste que enfrentar a dificuldade de realocação era sentir dos meus amados colegas um estado emocional de medo que parece ter abatido a quase todos diante da minha postura. Vivi os horrores com o abandono pelo feito.

    No primeiro momento fiquei meio deprimida. Recebia ameaças por meio de cartas anônimas. Inclusive, tive que registrar boletim de ocorrência em delegacia de polícia, mas mesmo tendo sido submetida a essa violenta situação nunca me arrependi da atitude que tomei. Por dinheiro nenhum no mundo eu vendo a minha consciência e a minha visão de mundo.

    Ainda que não queiramos crer, saibam todos, praticar a honestidade é travar uma luta desigual com esse mundo de desfaçatez e corrupção. A outra opção é fechar os olhos e achar natural a falta de inserção dos desprovidos e desgarrados dos seus direitos em uma sociedade injusta.

    Reconheci que a necessidade de uma mudança definitiva era coisa para o universo dos sentimentos. A minha linha de trabalho divergia de tudo porque, no contexto geral, eu era uma gota d'água no oceano. O que dificulta uma realidade transfigura para mudar a forma de ação, e a educação, por si mesma, me impôs ser verdadeira, comprometida sempre. Uma vez desafiada pelo contexto, ousei garantir apenas a emancipação da minha sala de aula para desempenhar a tarefa.

    Ao denunciar a escola, esperava pelo menos chamar a atenção para fatos tão graves, mas isto me fez ver quanta dificuldade eu encontraria para continuar na tarefa de educadora que abraçara.

    As cicatrizes relativas a essa experiência irão marcar para sempre esse presente, sabedora de que o meu desafio é não deixar a impressão de que fui um fracasso. O ponto de partida, destarte, era conseguir uma escola que me aceitasse e me recebesse sem macular minha trajetória.

Entre uma volta e outra desse caminho, consegui chegar a uma unidade pequena, que com generosidade me compreendeu. Fui "bem acolhida". Dei entrada na papelada e já me sentia confiante para trabalhar.

Recebi uma turma. Quando já estava me sentindo bem identificada com ela, fui chamada pela Diretora para trocar de classe. Perguntei o motivo. Ela foi enfática: "Há uma colega sua descontente com a turma que recebeu. São meninos muito danados, mal-educados, que foram reunidos em uma só turma. Para não criar problema e como você é novata, resolvi trocar com você". O bocado foi indigesto, mas engoli calada. Não me restava alternativa senão aceitar.

A turma era mista, tinha crianças e adolescentes juntos. A proposta de ensino era chamada "Aceleração". O plano era criar condições para que os alunos fora de faixa e repetentes avançassem simultaneamente, adquirissem as mesmas condições de aprendizagem dos demais alunos. Trabalhei nesta linha de entendimento e qual não foi a minha surpresa! Em um semestre tive o prazer de ver dois alunos dessa mesma turma serem premiados em dois concursos literários — um com um conto e outra com um poema. Hoje, eu entendo que o equívoco da escola foi estigmatizar a turma e não entender as reticências do momento.

Foi muito difícil viver a solidão daquele momento em meio àquela multidão. Eu não podia falar. E o que não dá para falar, o melhor é responder com o silêncio. Assim o fiz: troquei raiva por amor e dedicação. O indefinido ganhou nome e o silêncio foi trocado por barulho, comemoração, sucesso e alegria. Todo esforço empreendido em face da situação serviu-me para desmentir a teoria.

Veio em seguida outro momento impactante. Houve eleição e a nova diretoria da escola, com novos projetos, me convidou para assumir o Centro de Multimeios como professora regente. O espaço agregava biblioteca, cinevídeo, discoteca e artes.

Com o apoio irrestrito da nova direção, deu-se início a uma nova modalidade de ensino. O reconhecimento do corpo discente enquanto elemento fundamental para o desenvolvimento das atividades pedagógicas foi o grande objetivo. Com um mapa de avaliação em mãos era hora de desenvolver projetos de alcance para toda escola, com atendimento nesse Centro de Multimeios.

A preocupação inicial era introduzir leitura no dia a dia desses alunos. Com o projeto "O Escritor é Você", foi possível atingir toda a escola. Dele nasceu a oportunidade de editarmos um livro de poemas e contos com produções de todas as turmas, com direito a dia de autógrafos.

A ideia do título *Terra de Cariman* surgiu para homenagear o autor do conto premiado "Terra de Cariman". Esse universo coletivo teve a participação e o patrocínio da direção da escola e o apoio da Delegacia de Educação do Estado. Foi o pontapé inicial para o Centro de Multimeios se transformar no carro-chefe da escola por um bom tempo.

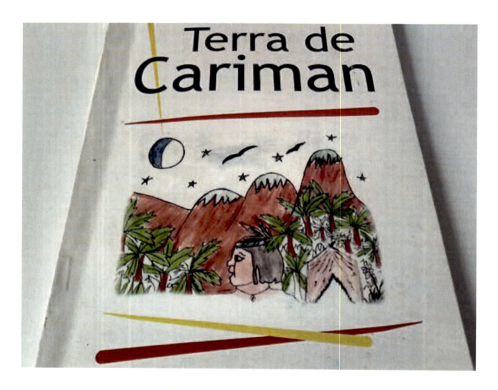

O trabalho transcendia aquela velha unidade escolar. Tudo parecia novo por um envoltório de amor e de dedicação. Foi por meio dos muitos projetos desenvolvidos, sempre com apoio da direção e empenho da equipe de multimeios, que a escola ganhou expressivo destaque, por meio de inúmeros prêmios.

Por dois anos consecutivos nossos alunos foram premiados pela Secretaria Nacional de Polícias sobre Drogas (Senad), em Brasília, e por tantos outros órgãos e empresas, aqui mesmo, no estado. Contudo, o melhor prêmio foi o avanço dos alunos no processo ensino-aprendizagem, algo contínuo e recíproco que leva o aluno a entender e colocar em prática o que lhe é ensinado. Prêmios, apresentações em eventos e festivais são detalhes, mas a mudança de postura de alunos e professores, reitero, a mais importante.

Mas nem tudo transcorria como eu imaginava. Esta construção estava prestes a ruir em consequência de outras escolhas. Sem dar a entender, as pessoas já confabulavam pelos bastidores a implantação de um novo projeto, do qual eu estaria excluída. Foi aí que vi a linha se desprender do horizonte.

Com os planos formatados para avançar com meu projeto com vistas ao próximo ano letivo, que eu sabia ser o meu último na escola, vi desdobrarem-se novas apreensões sobre o meu fazer.

Sem saber dos acontecimentos nos bastidores, dirigi-me certo dia à escola. Dia comum. Tinha ainda um ano para fechar com chave de ouro o meu tempo ali. Confesso que o medo de largar o que havia conquistado me amedrontava um pouco, mas já estava decidida a pedir minha aposentadoria.

Ao chegar para assumir meu cargo de professora regente do Centro de Multimeios fui subitamente comunicada que seria substituída por outro professor e que eu voltaria para a sala de aula em duas turmas de ciclos diferentes, sem que eu tivesse passado por nenhum treinamento, como as demais colegas.

Foi um choque! Eu tinha o entendimento de que na equipe de gestores havia uma ou outra divergência quanto ao meu trabalho. Impossível era entender que eu fosse subtraída da função sem que houvesse nenhuma comunicação aos demais colegas, alunos e pais, uma vez que eu tinha uma relação de confiança com todos, simplesmente por empatia e respeito.

Meu olhar fragmentado ao assistir o desmonte do meu projeto me fez ver — pela falta de essência — que esse processo profundo e interior não se desmancha com um sopro de vento. E a tempestade da inveja e da competição marca em mim como outro sujeito, noutra dimensão.

A minha superação não se deu em um passo de mágica, não! Foi um período de muita dor e decepção. Nunca estamos prontos para viver uma traição e foi assim que me senti: traída. A mudança legitimada por essa injustiça não tomou de mim a força, o sentido e a direção do que considero educação. Esse processo consistente, com formação na ética e no compromisso, está em mim.

Nunca consegui entender educação como uma ação isolada, mas, muitas vezes, via isso acontecer e tudo se desdobrar sem ter muito que fazer.

Se teve choro? Sim, teve. O choro foi pela interrupção involuntária e abrupta de um projeto com um histórico de sucesso. A razão para tanto talvez tenha sido o sucesso da ação transformadora por mim conquistada ter incidido diretamente sobre a minha pessoa. Tive o reconhecimento, é bem certo, mas ele não ficou isolado entre as paredes da escola. Pelos projetos desenvolvidos, a unidade ganhou uma reputação que antes não tinha, o que, sem sombra de dúvida, foi resultante desse trabalho.

Para responder à pergunta de todos, parto do entendimento que foi por "trocas" que a experiência se expandiu. A cultura, lúdica, tinha o envolvimento de todos, a experiência não era um ato isolado meu. O movimento era coletivo. O sucesso dos projetos, enfim, era a soma de todos os esforços.

Vale salientar que a contribuição incondicional da Diretora Geral, até o dia em que se deixou levar por influências negativas, foi inegavelmente uma mola para alavancar o processo. Ela era uma incentivadora, buscava apoio financeiro, afetivo e moral, e a sua expressão de concordância era a base de sustentação do trabalho.

Mesmo me sentido traída e sem ambiente resolvi permanecer na mesma porque pelo pouco tempo que faltava para pedir a aposentadoria, não valia apena mudar para outra escola. Posso afirmar que recebi como prêmio o abacaxi que a escola me entregou para eu descascar e para responder como devia não medi esforços.

Ao que tudo indica, no entendimento de todos, eu já tinha recebido um vale-crédito permanente para encarar qualquer dificuldade. Olhando na direção contrária, talvez o melhor fosse aceitar como um elogio.

Fico até assustada de ter esse entendimento, contudo, dá para intuir que esse poderia ser um dos motivos. Será que o que sobra de mim é o mesmo que falta a eles? Na pungência da dor da perda do cargo — e dos sentimentos negativos que me assolaram — senti-me deslocada, mas precisava fundamentar um plano imediatista com um bom alcance pedagógico para atender às duas turmas de ciclo, mesmo sem ter sido capacitada para tanto.

Como eu bem ouvi, esta tarefa não seria problema para mim. Para dar em troca tudo que aqueles alunos precisavam e que aquelas pessoas esperavam de mim, usei a mesma fórmula: trocamos os nossos saberes, gastamos a nossa paciência, oferecemos amor um ao outro e inesperadamente encontramos um tanto e meio de sucesso e meio tanto de fracasso.

Sofri muito, sentia envolta por problemas de toda ordem. A turma do turno da manhã tinha seis crianças bastante inquietas e desatentas. Por falta de equipe multidisciplinar era difícil saber ao certo se eram crianças com perfil de TDAH (Transtorno de Déficit de Atenção com Hiperatividade).

Mesmo sabendo que este desafio não era tarefa para professor, fazia o possível. Sem querer me omitir, mas tentando lidar com o que eu tinha de concreto, trabalhei como podia e comecei a arrumar um meio para chegar a um fim. Fizemos uma votação para escolher dois alunos para auxiliar no trabalho.

Sugeri, para tanto, o mais inquieto e o mais calmo. Enquanto tentava trabalhar especificamente com as crianças que apresentavam traços visíveis de distúrbios de aprendizagem. O auxiliar número um, antes o mais desatento e o mais inquieto da turma, agora perto de mim ajudava na confecção de material que íamos trabalhar. Enquanto isto, o auxiliar número dois organizava o restante da turma em um círculo grande e aberto para permitir colocar os outros no mesmo sentido, em um semicírculo perto do birô.

O sentido não era separar, mas agregar materiais didáticos complementares, confeccionados pelos próprios alunos para facilitar a dinâmica, sem fugir do tema central da aula. Resolvi seguir, pelo sentido do amor, o precário roteiro para cumprimento das atividades, mantendo-me sempre atenta ao geral, ou seja, ao conjunto de toda a turma. A preocupação com o emocional de todos os alunos diante da situação ganhou força no sentido de buscar suporte para além da escola.

Tinha consciência da responsabilidade que me fora atribuída. Hora me fazia forte para seguir, hora me tornava um fiasco. Olhava os alunos ditos "anormais" e via apenas crianças especiais, que precisavam de uma atenção diferenciada e que eu sozinha e sem nenhum suporte não conseguia oferecer o atendimento ideal. Mesmo assim não desisti.

A distribuição das atividades após o momento inicial seguia de modo a atender a demanda da sala de aula. "Duas turmas em um mesmo espaço": os alunos que já liam e os que não liam nada.

Com a ajuda dos meus colaboradores iniciamos o trabalho. Todavia, a intenção didática de possibilitar a fruição nos dois grupos do mesmo tema trazia para um momento primeiro a compreensão da importância do conteúdo do dia e da participação de todos.

Eu me dividia entre os dois grupos e o que me aliviava era ver a satisfação do traquina como colaborador. Fascinado pela função especial, sentia-se poderoso.

"A penúria da invenção" durou o tempo para conseguir equilibrar o nível de ensino da maioria. Me lembro muito bem quanto o trabalho era exaustivo. A depender do dia, eu escolhia ficar recolhida à sala de aula no horário do recreio. Vez ou outra, flagrava-me chorando.

No turno da tarde, a turma era mais tranquila, pois não tinha crianças com dificuldades de aprendizagem e de ajustamento. Percepção minha, já que nunca houve uma avaliação por parte de outros profissionais.

O prazer de dar aula era o mesmo. Minha sala de aula sempre foi meu universo. O prazer sempre foi o tom e o canto foi a ação de expressar a arte de ensinar com satisfação e alegria.

Os "senão" próprios da natureza do trabalho fotografavam todo dia quadros muito tristes. Lembro-me de um episódio rotineiro que causou dor na alma. Havia um aluno, o menorzinho da turma, que quase sempre chegava chorando, acompanhado pela avó. Questionado sobre o problema, ele falou que chorava não pelo fato de vir para a escola, mas por não ter almoçado ainda àquela hora e que a merenda da escola era distribuída muito tarde.

O que não é agradável a mim, o que não suporto para mim, digo-lhes: também não suporto para o outro.

A partir de então adotei providenciar um lanche para ele logo no início da aula. A medida causou ciúmes em alguns coleguinhas de classe. Em resposta ao embaraço causado, eu perguntava: "Você almoçou?", então: "O lanche é para ele porque não almoçou. Daqui a pouco todos vão receber a merenda escolar". Passado esse primeiro momento, eu e o garoto criamos uma intimidade que representava confiança.

Um dia, fui surpreendida quando ele falou:

— Professora, sabe qual é o meu maior sonho?

— Não! Mas, se você me contar... Qual é?

— É ver você conhecer minha casa.

— Ah! Mas isso é muito simples! Vou com todo prazer! Posso ir hoje mesmo, depois da aula.

Ele retrucou:

— Não, tia, ainda não! Não pode ser agora porque eu não tenho casa, moro em uma lona.

— Como é essa lona? — Perguntei, bem interessada.

— É uma barraca feita de lona, que fica pertinho do mar.

— Mas eu também posso ir nessa barraca!

— Não, tia! Espera mais um pouco. Quero que você conheça minha casa nova, em breve. É uma casa de mutirão que ainda está sendo construída.

Falei para ele, então:

— Fica combinado. Quando sair a casa, vou lá conhecer.

Minha compreensão sobre as vítimas da pobreza e das injustiças era sempre a certeza de que vale o esforço de acolhê-las, dentro das minhas possibilidades.

Das dores vividas e das tragédias experienciadas tirei muitas lições, que resolvi reviver e compartilhar. Fiquei devendo ao aluno a visita, porque me aposentei antes do término do mutirão e por isso acabei perdendo o contato com o aluno e a família. Essa lacuna remanescente da nossa história celebra instantes de vida suficientemente marcantes, impossíveis de esquecer.

Pela decisão de pedir a aposentadoria, em primeiro lugar revivi o tempo, planejei a vida e amedrontei-me com um sentimento angustiante de saudade. Mesmo assim, a exemplo do que já mostrei de mim, fiz-me força. Neste processo, posso dizer que houve descontinuidade, mas não houve rompimento. Fui capaz de perceber em cada senti- mento, provavelmente, que a influência de um foi determinante no outro. Como explicar? Faz parte do comportamento humano e que infelizmente está presente em quase toda relação. Para reviver o tempo tive que encarar cada episódio como sendo passageiro, natural, trazendo a seguinte reflexão: nem toda perda é um fracasso.

Em síntese, posso dizer que os fragmentos desse universo formaram o todo que me compõe. A fonte principal do trabalho sempre foi o aluno. Meu compromisso ético com eles foi capaz de transformá-los a ponto de seguirem outros campos de atuação. Por este motivo não quero aqui me supervalorizar, muito menos ignorar minha parcela de contribuição. Permito-me considerar os acontecimentos. Apesar de eu ter vivido reclusa o final da carreira, fiz disposta a desconsiderar as más impressões. Trouxe boas amizades, que ainda hoje cultivo, porque o meu objetivo é que permaneça o fundamental: educar para converter a ignorância em sabedoria isso vale para todos principalmente para os alunos, sujeitos desse processo.

Fui feliz enquanto professora e educadora em atividade. Serei para sempre agradecida a Deus por ter nascido destinada a uma profissão tão nobre e nela ter cumprido a lição de educar para a vida. Minha sala de aula foi meu mundo particular. No meu pouco campo de liberdade, com afeto e inventividade, realizei-me profissionalmente.

MEU MUNDO PARTICULAR

Sou uma professora feliz
Que todo dia diz:
"Obrigada, meu Deus,
Por ter sido escolhida para tanto".
Andei por tantos recantos,
Em todos cantei muitos cantos,
Mas também chorei muitos prantos.
Para a alma acalmar,
Abafei lágrimas e gemidos,
Fiz tantos escondidos
Para não deixar de educar.
Lamentei a desigualdade,
Mas, da minha lealdade,
Não consegui me desvincular.
E foi com muita capacidade
Que no mais bonito canto
Encontrei todos os encantos
Para uma aula formular.
Na minha sala de aula,
Com pedaços de esperança,
Com sonhos e muita bagunça,
Encontrei meu mundo particular!

UM CONSENTIMENTO

Pedi ao pai e a todas as forças
Que sei, existiram na natureza
Para dar-me o direito de calar
De sentir-me feliz e infeliz
De saber que no perfeito
Eu sou uma indefinida.
Pedi ao pai por muitas vezes
Para tirar de mim o desejo
De mostrar o que tanto guardei
Mas a vida aos suspiros e regozijos
Traduziu em mim uma certeza
E Então eu cedi não seria?
E então eu cedi!
Pela aura da minha alma
Diferentes sentimentos eu vivi
E neste voo livre decidi
Finalmente aceitar
Esse consentimento.

UM QUERER CLAUDICANTE

Era uma vez...

...um Querer que queria porque queria fazer brotar no outro o mesmo querer. Esse desejo intenso e ambicioso incitava o coração para ir além dos seus limites habituais. Nasceu inesperadamente. Despertou sentimentos e mesmo sem perspectivas, transformou em um desejo absurdo, entrelaçado de dúvidas e de mistérios, e de mim se apoderou timidamente para fazer mudar os sentidos e circunstâncias que me constituíam a vida cotidiana.

Ele, na verdade, se transformou em um ensaio cheio de deformidades e de distorções e resistiu a esmo, como uma doença do pensamento para acender uma chama de amor para além do coração. Já nasceu, pois, inseguro. Mesmo assim foi uma proposta de realidade por um bom tempo.

O desígnio de conquistar ficou como uma força imanente que se dissipa e espalha o cheiro, mas a essência que fica transborda suficientemente para marcar presença.

Vale lembrar que já era amor antes de ser. Ficou provado ali, naquela aeronave, quando esse Querer surgiu.

O sentimento de já ter existido veio por uma memória adormecida como voz do passado, entoou-me na mente um alerta. Todo amor, pelo sentido abstrato, foge à realidade. Dessa forma, poderia produzir sofrimento deixar mágoas, dúvidas e desencantos.

Não seria difícil esquecer essa verdade não fosse a dimensão dos sentimentos mostrar o contrário. O consolo se deu mediante a certeza de que não há fórmula pronta para atestar o tamanho e a velocidade de um querer. Neste sentido dei-me a oportunidade de "viver" com o direito de errar ou de acertar. Só pelo tempo virá essa compreensão porque sonho, em qualquer percurso, pode ser chegada ou partida.

Eu estava tranquila em uma aeronave para fazer uma viagem quando o inesperado aconteceu. Vale dizer que, a princípio, considerei como um prêmio. Chegava para sentar-se ao lado um ídolo querido. Fiquei imensamente feliz, mas diante da surpresa, um pouco tímida. Nesses casos é comum o embaraço. Esforcei-me para demonstrar desprendimento e munida da certeza de que pouco se aproveita de um momento como este, resolvi que quebrar o silêncio era a melhor escolha.

Olhei timidamente e falei:

— Sou sua fã.

Ganhei um abraço carinhoso e dois DVDs de presente, seu último lançamento. Parecia que o seu olhar estava a me acariciar por inteira, flagrei seus olhos fixos sobre mim. Aquela imagem se apoderou da minha mente e, como um sinal, uma armadilha do coração. O momento era excepcional e exigia sabedoria e sensatez para lidar com a situação.

Agarrei-me a esta verdade como uma obrigação, porém, uma explosão de alegria fez brotar um desejo para além da fã que ali estava. Talvez, porque a conversa aconteceu de maneira espontânea, tenha deixado essa impressão e tenha sido esse o motivo para despertar esse clima de intimidade. Eu parecia estar acordando de um sonho, mas não. "Tudo verdade", ele estava ali, ao meu lado, meu coração celebrava a sua companhia como certeza do acaso.

Meu deslumbre era de uma adolescente, tudo pela força e significado do momento. Eu estava tão fascinada pela beleza e o carinho do ídolo que me sentia atraída a criar um mundo novo para alocar no meu coração sentimentos que por muito tempo ignorei em mim.

Duas certezas me chamavam a atenção: começo e fim. O que poderia ser um começo para mim, decerto para ele terminaria com o pousar da aeronave.

O que fazer diante desta sensação que faz parte de todo processo de busca? Posso afirmar que não sabia. Emocionalmente fascinada pelo gesto e carinho do artista, nem pensava nos possíveis desdobramentos deste Querer. A viagem tinha em seu horizonte transitório o tempo de percurso. Era uma narrativa shakespeariana com dimensão, tramas e significados que marcavam meu pensamento.

Tivemos uma conversa agradável e pela empatia fui tomada por uma ideia que marcou no imaginário. A impressão de que uma existência passada estava me revisitando no presente. Uma ironia da vida — faz-me lembrar de coisas que há tempos não sonhava, como: envolvimento amoroso, namoro, paquera... ou mesmo abraçar a ideia de um novo amor a essa altura da vida. Algo completamente incompreensível para mim, a esta altura da vida.

Por mais contraditório que pudesse ser, havia a tentação de um Querer: a busca de um ser em outro ser movida por uma força do destino que não eu não conseguia deter. Eis que uma experiência desse tipo ganhava respaldo em uma casualidade, como foi no meu caso. Desse modo, procurei desfrutar do itinerário com acontecimentos naturalmente marcantes: ilusão, sombra, invenção, ideias.

Articular uma boa convivência após esse encontro, sem o aval do outro, poderia destruir a essência do momento, levar a uma frustração.

A carga de simpatia e sensualidade com que me atirei na aventura — meio real, meio imaginária — foi surpreendente, uma vez que não se tratava apenas da admiração de uma fã por seu ídolo. Era muito mais que isso, já que o encontro motivou o encanto para outra direção, enriqueceu-se de outros sentimentos. Embora com a consciência das dificuldades, aliei-me ao Querer e foi querendo nessa senda que fui, aos poucos, jogando-me.

Deduzi, pelo sentimento do momento, que este seria um amor "comedido"; a doação seria limitada e a procura medrosa. Mesmo duvidosa da disponibilidade dele, porque tudo parecia simbólico, o encontro ao acaso despertou meu interesse.

De um lado estava a consciência e, do outro, uma força, um interesse irresistível que, na medida da dúvida, mostrava possibilidade. Tudo estava ali, à frente. Parecia mentira, mas não era não! O meu sentimento era de uma adolescente deslumbrada, vivendo os mistérios da primeira paixão. Pasmem! Na terceira idade! Fiquei tão fascinada pela beleza e carinho do ídolo que eu quis dotar esse mundo incerto de convicção. Coisas de paixão nem sempre seguem uma linha reta.

O clima de apreensão que havia entre mim e meu o coração me deixou meio atabalhoada. Sabe por quê? Porque o que não se tem todo dia, no dia que tem, quer tornar totalmente extraordinário.

Eu queria saber de tudo, falar de tudo em um tempo e em um ambiente não muito apropriado. A convivência momentânea foi suave, meiga e delicada, foi como um presente para fazer voltar o tempo. Eu diria que foi coisa para fazer de conta, fingir e guardar na profundeza da alma — e marcar esta história.

Meu ídolo me passou seus números de telefone e ainda prometeu que ia ligar para marcar um café quando do seu retorno. Ainda meio incrédula de estar vivendo essa situação, confesso que meu sentimento de fã navegou pela memória para reviver todo um percurso da carreira do artista que me encantava profundamente. O momento parecia marcar mais que uma coincidência e é verdade. Há coisas tão simples que marcam presença no coração da gente! Foi assim que senti.

Felizmente, eu tinha o entendimento que encontros com estas pessoas, apesar de terem um sentido mágico, preenchem apenas o momento. Pessoas do meio artístico parecem um tanto inalcançáveis, talvez porque é criada em torno delas uma atmosfera que fascina pelo conjunto de tudo que envolve o seu mundo, podendo até produzir um erro de aparência. Pela admiração pode-se incorrer em uma visão inautêntica e, por ela, marcar um engano. Em face disso, o desafio está em entender cada um pela simples estratégia de vida.

Foi pela coincidência do encontro com o artista que nasceu em mim esse Querer cheio de sensações e inquietações proibidas de se proibir. Por essa casualidade, prometi pelo universo sem fim que em mim se fez e que me encantou: encarar o desafio, mesmo na possibilidade de não acontecer.

Durante o tempo do voo tive muitas inspirações para além do Querer. Uma delas foi a de adentrar os acontecimentos do dia a dia da vida artística. Compreendo que foi pela posição de fã que me senti instigada a conhecer esses meandros. Quis trilhar pelas armadilhas deste mundo para me estender em outras direções, contudo, reconheço que pela efemeridade do momento enfatizei apenas o possível e não o desejável.

É sempre importante, na hora de decidir, considerar vantagens e desvantagens. Foi por "uma invenção amorosa" que denominei de Querer, que senti essa avalanche emocional, nascendo daí a necessidade de me aventurar, de penetrar na máquina do mundo artístico para melhor conhecer parte daquilo que fica oculto nessa engrenagem que não vemos, mas que é grande e complexa, portanto, guardar no interior o mistério de transformar preciosos seres em peças intrigantes.

Reconheço que diante da importância que dei ao fato senti uma vontade imensa de tornar visível aos outros, com base na minha experiência, alguns momentos de manifestações artísticas do artista e do seu mundo.

Penso que essa necessidade veio para responder minha curiosidade, pois a medida do desvelar ia me induzindo ir além. Essa tarefa "artística" nasceu da perspectiva de poder abrir um diálogo que contribuísse superar as incompletudes e insuficiências de uma relação entre o ídolo e sua fã. O caminho para fazer essa reflexão mostra a importância de não colocar todos artistas no mesmo pé de igualdade; para toda regra existe exceção. Daí a importância de separar "a experiência que passa e o que toca individualmente do contexto geral". A medida do meu entendimento foi quem me situou porque há um sentido inerente, "sentimento que articula amor, arte e vida".

Houve, verdadeiramente, um encontro de uma fã com um artista, e a dimensão do sentimento transcendeu para o pessoal.

Eu, que nunca vivi deslumbre por ninguém do meio artístico, vi no olhar uma lente de claridade na minha escuridão. Não sei se fundamentada apenas no meu desejo ou na curiosidade comum que temos de saber mais sobre os nossos ídolos. Só sei que foi nesse faz de conta em que tudo se transformou, que me utilizando deste sentido, fui cultivando, encobrindo, disfarçando, para adentrar nos mistérios da sua vida.

Nesse caso específico, a relação passou do âmbito normal para adquirir outros elementos. De repente, como em uma miragem, estava a minha frente o meu ídolo. Saber dosar essa mistura de sentimentos pelo sentido inusitado como tudo aconteceu foi um desafio. Intimamente, substitui o amor de fã por outra fonte de indefinição. Um sentimento apaixonado recém-nascido e independente do consentimento do artista já vislumbrava sucesso.

Este não é um acontecimento comum e mais incomum é, por ser uma fuga impregnada de mistério, onde se planta uma semente improdutiva na certeza de que ela irá produzir.

Esta centelha de amor que queria ver brilhar foi crescendo e se misturando aos sentimentos, mas pela constatação das dificuldades, o sacrifício na esperança do incerto enfraquecia o movimento. Entendo que em um universo onde "só um é proeminente", a lacuna por falta de consonância com o outro desfavorece em todos os sentidos.

Não é privilégio de ninguém ter diálogo sem encontro, amor sem troca, afeto sem presença, e muito menos amar sem ser amada, mas esses sentimentos servem para convencer de que esse não é meu privilégio somente meu. É comum em muitos relacionamentos, independentemente do meio e da profissão. Por entender esse descompasso no amor entre um artista e uma fã é que mesmo sabendo que não é proibido sonhar, vale ligar o sinal, ficar atento!

No início, a curiosidade me levava a desvendar o artista, essa criatura formatada, entre o fascínio e o poder, que abre caminho para excentricidade.

Na expectativa de abranger o máximo possível a minha percepção e obter o êxito desejado foi necessário aceitar que, para manter qualquer laço mais íntimo com um artista, o desafio é abdicar de si. E fiz esse voo livre.

Para um fã se beneficiar de um eventual momento como este é necessário uma oportunidade. Isto é como um jogo, é preciso sorte! De maneira inesperada, aconteceu comigo e, nesse jogo, desejei marcar uma nova experiência de relacionamento.

Sabia que na aura do artista se forja uma aparência puramente simbólica que oculta sua essência, mas pelo Querer já estava na minha mente que com ele seria diferente.

A viagem foi inesquecível! Ficou o sentimento de que não acabaria ali, havia uma circunstância incomum no jogo. Uma sensibilidade para além da natureza me chamava a atenção. Era sublime, maravilhosa, uma espécie de interferência divina. O sentimento de que havia cruzado com a outra metade, "minha alma gêmea", veio como um presságio.

Tudo parecia inacreditável e o meu questionar permanente exigia resposta. Assim, fui adentrando neste abismo, com o fito de entender um sentimento que, separado de maiores afinidades, une vidas. Eu, que nunca tive o hábito de abrir a minha porta para a fantasia, tinha o legítimo sentimento de que a outra metade era a parte que faltava para me completar o todo, ou seja, uma relação perfeita, consistente e forte, constituída por laços de afinidade, reciprocidade, correlação e respeito.

Pelo sentido utópico, a alma gêmea de que tanto se ouve falar, em meu entendimento, é algo fragmentado e puramente ficcional, fundamentado em manifestações visionárias. Munida dessas certezas, buscava a força do espírito para traduzir este Querer. Duas manifestações me ofereciam circunstâncias diferentes. Enquanto uma se embasa no que é forte, a outra é filosófica, compromete a afirmativa e suscita interrogações. A contradição entre a graça de amar e a desventura de não conquistar representa o que há de mais verdadeiro neste Querer.

Pelo aspecto do conhecimento claro e direto, todas as motivações para continuar qualquer relacionamento devem persistir pelo sentido verdadeiro de trocas e mutualidades. Apesar de eu ter sido sempre uma pessoa extremamente comedida em tudo na vida, não posso negar que vivi um deslumbre. Esse encontro foi impressionante, porque produziu um anseio enorme de querer transformar um momento muito breve em uma realidade duradoura.

Senti-me desafiada a usar o pouco tempo da viagem do modo mais intenso possível. O dia da viagem amanheceu lindo e cheio de sensações. Tudo parecia envolvido por coincidências. O céu estava azul e, quando do encontro na aeronave, pasmem, nós dois vestíamos azul e a companhia aérea era a Azul Linhas Aéreas. Isso não define nada, tudo bem. Um clima, sei lá qual, impõe-me a definir a situação e me empurra a inquietantes momentos.

Parece que uma energia me levava a essa direção diferente e eu vibrava de emoção, marcada pela oportunidade primeira de encontrar um ídolo e gozar da sua companhia até o final de uma viagem.

Ele estava sentado ao meu lado. Para me sentir devidamente recompensada, coloquei minha mão sobre o coração, como quem deseja fotografar os sentimentos. Agradeci a Deus.

Gradualmente, fui acercando-me dele para conquistar sua confiança, crente nas diferenças e incertezas. O momento inspirava transcendência, "fazer o que nunca se fez". Naquele momento, tudo parecia radiante! Segundo a literatura, azul é a cor do espírito e do pensamento. Simboliza o ideal, o sonho, a devoção e a fé, transmite a sensação de infinito. Posso garantir que a sensação era de infinito mesmo.

Toda aquela imensidão de céu azul revestido de nuvens, circundando a aeronave, parecia refletir-se em uma fonte de água, possível de se pegar com a mão. Tudo era grandioso e meu embaraço também. Sabia o que me era possível extrair do momento.

Artistas são pessoas que buscam pela vocação tornar reconhecido o seu trabalho. Assim, eles se doam em um esforço gigantesco agradar ao público, promovendo divertimento, mas, também, inferindo-lhe na compreensão do seu alcance.

A aproximação sociável com seus fãs e admiradores tem sempre o tamanho da sua disponibilidade, ou seja, não se deve ultrapassar, entre muitas outras coisas, o seu marco existencial.

Neste sentido pude entender que aquela presença em minha vida, naquele momento, era uma coisa transitória, visto que uma amizade íntima de um artista com um fã está quase sempre está entre o real e imaginário. O que se pode aproveitar de uma situação assim pela ingênua fé de que foi premiado é saber que esse encontro com o artista é como uma passagem de festa, o que fica são abraços, beijos e autógrafos. Neste caso, a aproximação fica entendida como algo exclusivo do ídolo pela receptividade, porém, não é comum, por isso, a situação não deve servir como parâmetro para as demais realidades.

Vez ou outra se ouve falar de episódios de intolerância nesse meio. Eu já vi cenas tristes de fãs deslumbrados serem submetidos a constrangimentos e humilhações por extrapolar o limite, bem como já vi artistas, pela sua vaidade, causar constrangimento aos seus admiradores. Esses episódios se confirmam na ideia de que o artista não é uma pessoa comum e assim sendo delimitar o fio que separa a vida pública da vida privada, é viver entre escolhas e consequências.

Apesar de todos os pormenores e de tantas situações que circundam esses relacionamentos, é importante não perder de vista o sentido da palavra artista (ator, dançarino, cantor), sem esquecer que são seres humanos e que os impactos da carreira não são resultantes somente da sua complexidade, cada artista carrega sua marca, sua história e seu jeito de ser.

Há muitos tipos de artistas, como há diferentes fãs, e apesar de tantas histórias dessa relação artista/fã, precisava me concentrar em quem era aquele artista em particular e como eu poderia me relacionar com ele.

Para consolo de qualquer fã basta, saber que o fã é o representante legítimo do artista. Ele, com sua energia iluminada, faz mover o seu sucesso. O sentimento de um fã pelo seu ídolo é tão profundo quanto a universalidade do mundo do artista.

Esse tempo em que o sentimento em causa deveria ser somente para motivar o meu querer, pela sua desrazão de ser, compreendo que entender esse universo é uma obrigação. Até mesmo porque há um aspecto que é importante acompanhar nessa trajetória. Quando reflito sobre os outros fãs e o mundo artístico não me coloco no mesmo plano porque, "a meu ver", minha situação era diferente. Meu testemunho crítico me deu o direito de deliberar, arbitrariamente, sobre minha postura e a dos outros.

A minha convivência foi estreita, direta, e o sentimento de cunho íntimo e pessoal, embora o encontro tenha sido casual. O assunto é precipitado porque o movimento que se formou sobre esse Querer produziu uma estrutura dramática. Para adentrar nos múltiplos aspectos da personalidade e da vida de um artista eu precisava saber que a qualidade de todo e qualquer vínculo afetivo está no respeito e tem alicerces fortes na convivência.

Em virtude da dimensão do universo artístico seria impossível alcançá-lo de forma plena. Amizade real seria uma ousadia muito grande, em função das especificidades da vida que leva o artista, salvo algumas exceções; a preciosidade de um momento assim não se explica pelo sentido da palavra. A pessoa vive o real e a fantasia ao mesmo tempo, na companhia do seu ídolo. A grandeza intrínseca dos seus sentimentos ainda sobra fantasia para arquitetar pela posteridade.

É oportuno dizer que a ausência de presença que fortaleceu a dificuldade de entender e de viver esse Querer tem sentido no absurdo de existir. É nítida a impotência de inverter a realidade, porque houve um momento real, o encontro na aeronave, que acendeu uma chama para marcar essa experiência de vida. Houve algumas situações legítimas de convivência e de fidelidade e foi este convencimento que me facilitou seguir à risca o Querer.

Eu, absolutamente perto do meu ídolo querido, podia sentir o seu cheiro, tocá-lo, olhar olho no olho e ainda sentir a sua reação em me ver tão feliz

Pelo entendimento que tenho de amor posso até fazer uma concessão ao sentimentalismo, mas entendo que toda relação se movimenta pelo retorno às expectativas. Neste caso, não havia retorno e o querer se movimentava em duas indefinições: um querer e um não querer.

Registrar a intensidade de tudo que vivi é impossível, mas posso dizer que atravessei o prazer do momento movida de intensa comoção. Dele pude desfrutar da boa conversa e, usando da minha ousadia, desarmei-me de todo medo e pudor para me permitir viver.

Uma explosão de emoção envolveu o coração e, para não ficar apenas em promessa, assumi, com muita coragem, falar de mim, com o devido cuidado de deixar uma boa impressão. Mesmo assim, tive o prenúncio do provável. Tudo podia acabar ali. Apesar de ter os meus ídolos, eu nunca, em tempo e em lugar algum, tinha sentido contato tão direto. Sempre me reservei apenas a assistir a shows, peças de teatro e filmes, a comprar livros, CDs e DVDs dos meus ídolos, como uma espécie de recompensa pelo seu trabalho, por sua arte.

Sempre tive medo de abordar um artista e provocar algum mal-entendido e/ou constrangimento para ele ou para mim. Esta manifestação de desembaraço nasceu, dentro daquela aeronave. Parece que um relógio virtual marcava o tempo, os sentimentos e os significados. Eu criava expectativa, e me divertia à medida do tempo, montava atalhos, todos com o objetivo de fazer prosperar uma comunicação estável, objetivando acabar com a polarização entre fã e ídolo.

A disponibilidade dele, no primeiro momento, foi aconchegante, motivo para direcionar minha energia a outra conexão. Quis engendrá-la em uma "tessitura", uma espécie de registro poético por justa razão — ele, cantor e compositor; eu, professora e poeta iniciante. Neste sentido, podíamos interagir, trocar, confabular. Incentivar esse mundo a rodar era a ideia.

Meu testemunho sobre esse Querer mostra um recomeço o tempo inteiro, múltiplas idas e vindas como formas de disfarçar um tempo de coragem e superação do fracasso.

Para dar início a outro momento, sem permitir que ele viesse a enfraquecer a relação, pedi para adicionar como amigo nas redes sociais. Não posso negar que me aproximei dessa realidade com o sentimento de medo frente ao mundo feito de aparências em que vivem pessoas.

Adentrei de forma contundente pelas vias privativas. Acompanhava o seu perfil em suas páginas. As manifestações quase sempre eram impessoais, apenas postagens com fotos e anúncios de eventos. Eu curtia, comentava e, por vezes, compartilhava. Mesmo assim, passei a ser assediada por algumas pessoas, por meio de mensagens prontas, que deixavam subentender algo além de uma amizade. Discretamente fui me retirando dos ambientes públicos para usar apenas os privativos.

Como quem nada quer, simplesmente iniciei uma espécie de monumento de papel, usando as letras como tijolos para edificar esta construção. Nele, as poesias, os sonetos, as crônicas e reflexões. Tudo para garantir girar a comunicação. Ele, bobo, vaidoso, presunçoso, ignorou a minha construção e, quiçá, até me julgou. Pelo silêncio, entendi um nítido desprezo. Minha decepção foi imensa. Parece que me partiu em pedaços. O episódio mostrou-me que nada é mais feio e triste do que ficar mendigando amor.

Foi na existência do improvável que me fizeram entender e aceitar que, raramente, uma amizade pode ser bem-sucedida quando de uma origem desigual. No caso específico de um artista, uma relação se torna mais suscetível ao insucesso pelo modo próprio de conduzir a vida, quase sempre cheia de compromissos e dificuldades. Para além desse detalhe, ter ainda de pagar o preço de viver de modo diferente para preservar a sua privacidade. Assim, a vida, a sua experiência pessoal no saber e no sentir torna explícito que a falta de lealdade desencanta, mas é um mal necessário.

Por essa espécie de concretude, descobri que tornar indisponível na relação era uma tática dele, movido pelo sentimento ingênuo que no meu entender era difícil mesmo porque igual assim, nunca vi...

No balanço que faço, nada me ocupou mais tempo do que a vontade de desistir. A cada intervalo tinha o sentimento de término, uma circunstância que terminava para dar início a outra mesmo sem consentimento.

As incertezas que moviam todo o envolvimento tinham como necessidade responder aos meus questionamentos. Como fazer para entender? Difícil! Tudo parecia rodeado de perpetuidade, por isso aparentava não ter fim.

Gastei muitas horas do meu (silêncio) intrincada nas palavras, tentando justificar os meus atos diante da realidade, e, confesso: sentia muita vergonha. A única maneira de afastar a melancolia era aceitar que, na minha história de vida, ainda faltava este capítulo. Foi neste sentido que me deixei arrastar pelos sentimentos até a exaustão.

Muitos foram os dias de desgosto para poucas horas de alegria. Ainda assim, dispus-me a enfrentar o trajeto íngreme e viver esse enfrentamento. Apesar do esforço, o destino fez estripulias e o Querer escapuliu do meu controle por muitas vezes, para mostrar a sua força frente à verdade.

Visando a prevenir outros efeitos drásticos futuros, me detinha em engendrar novidades. Teve um tempo em que deixei o meu orgulho ser a extensão desse Querer. A consciência, que me guiava pelo diálogo, silenciou.

O desafio era deixar claro para o artista que todo equilíbrio relacional tem base na retribuição; que trocar amor é construir uma obra. Em qualquer que seja o espaço, a obra precisa estar bem alicerçada para ser erguida com segurança.

Meus poemas, crônicas e reflexões que abasteciam seus espaços privativos, foram minha parcela de presença nessa construção.

Um certo dia eu tinha acabado de cochilar. Ainda deitada e sonolenta, uma espécie de emissão sonora me surgiu como uma toada, um som como um resquício de um sonho que não conseguia lembrar. Ainda em transição tentava entender, aquilo tinha o sentido de uma viagem distante querendo ao seu destino final chegar.

Daquela doação sonora que ficou no meu pensamento, sem me importar com regras, veio a ideia de formar um poema. Este foi o primeiro texto para esse Querer. Isto durou um bom tempo. Fiz e refiz por muitas vezes e a sensação que ainda tenho é de que não consegui chegar ao fim que pretendia.

TRADUÇÃO

Se eu pudesse traduzir

Com os olhos dos sentimentos

A alma de uma pessoa,

Faria neste momento!

Em uma linguagem clara,

Escrevia um conceito pessoal,

Pela lógica da existência,

Definia como desigual.

Esta intenção

Movida de aspiração

Era pra refletir

O sentido da relação!

O que ficou?
Foi somente melancolia
Por acreditar
Que ele era tudo que queria.
Ele foi só um agrado
Foi um bem que muito custou,
Foi um cuidado sem retorno,
Que não resistiu e naufragou.
Foi conversa sem resposta
Trocada para entender
A grandeza de uma alma
Em demonstrar um bem-querer!
Foi tão somente
Sombra de uma ilusão
Sonhos, presságios
Distantes de convicção!
Aquele afeto
Que não teve retribuição
Causou fadiga
Matou toda a emoção!
Foi tão grande e tão pequeno
Que confundiu o pobre coração.
Misturou os sentimentos,
Para provocar contradição,
Foi um canto sem melodia.
Uma prosa sem rima e ação
Entoada sem alegria
Pra sufocar o eco da canção
Foi um movimento
Pra manter uma quimera,
No desalento
De expressão e de espera

O que mais marcou
A forma deste querer
Foi fragmentos
De sentimentos e de poder.
Foi um tempo que pouco durou
Pelo tamanho do amor e da dor
Encantou todos os sonhos
Se abrigou em desamor!
Foi um fim sem ter começo,
Envolvido de imprevisão.
Foi um amor inusitado,
Que andou na contramão.
Foi uma invenção,
Ousadia de amor
Coisa da vida
Que o coração não suportou
O que ficou
Desta festa imaginária
Foi a tradução
Um embaraçoso cenário!

Foi dormindo para sonhar que sonhei e deste sonho sonoro que os sentidos comuns não sentem, eu senti. Era preciso iluminar mais e mais... Deixar às claras o que eu tinha a necessidade de traduzir.

O sentimento que me tomava por este percurso tinha a essência do meu eu e, infelizmente, algumas situações não fugiam às regras de convivência.

Esse Querer açoitado pelo destino e abastecido por desavenças pregou em mim muitas peças. Me perder para me reencontrar foi uma constante, nem conto as vezes. Neste sentido vivi muitos medos, porém, o mais severo de todos foi o do ridículo, fundamentado num conjunto de preconceitos que vinham a mim por minhas próprias convicções, como uma espécie de alerta.

A viagem foi breve, durou pouco mais de duas horas, mas da minha memória não mais saiu. Foi como cruzar o oceano, chegar a um paraíso encantado com essência de eternidade e plantar um grande desejo para ver emergir outra realidade. Tentando segurar o sentimentalismo exagerado, busquei na paz do seu sorriso debruçar-me sobre a sua leveza. Na despedida a promessa dele marcar um encontro para um dia qualquer, quando do nosso retorno. Confesso que criei um universo enorme para abrigar tantos sonhos absurdos, que já não estavam mais na minha alma, muito menos nos meus projetos de vida.

Dessa "descontinuidade" de viagem guardei dois pontos: seu jeito carismático e carinhoso comigo e a convicção de que ao final desse itinerário o sujeito-cantor-singular-plural idealizado por mim nada mais é que uma criação da imaginação. Muitas vezes na vida "vivi verdades" baseada em impressão e esse caso não foi diferente.

Não vou negar que fui envolvida de carinho e atenção, porém guardei a impressão que o cumprimento de mão, a tapinha no ombro, aquele sorriso forçado, é a arte do artista de fazer o fã feliz. Fico triste de tirar essa conclusão, mas do precioso que fizeste parte, deixou essa impressão.

Não sei se é agradável por ser, se tem amizade sincera por prazer, se tem consciência de tudo isso. Posso dizer que a fotografia que fiz me deixou dúvida, mas não posso negar que a viagem pareceu ser a mais encantadora de todas as viagens. Nem de longe pensar que dela iam surgir tantas coisas estranhas, margeando alegrias e tristezas.

Foi por essa vereda desconhecida e envolvente que eu me aventurei. O prodígio de um amor se movimentou em grandes dimensões. Tudo aconteceu de forma inesperada, não foi ninguém que me chamou para viajar, foi o meu próprio coração. Na viagem eu também não estava à procura de nada, mas, de repente, encontrei um motivo para movimentar a vida. Um vai e vem sem grandes progressos e que, pouco a pouco, abriu frestas para mostrar que encontrar a felicidade não é um resultado, mas uma busca, e essa que chamo de Querer me trouxe momentos felizes e infelizes.

Tudo que chega à nossa vida precisa ser observado com profundidade sendo este um privilégio para quem tem sensibilidade. Por formas simples, reciclagens de atitudes e, principalmente, pelo movimento das emoções, reconheci que o meu amor-próprio, outrora abastecido de forças, vez por outra já fraquejava e regava de lágrimas a minha vida.

Esse Querer, figurado entre duas vertentes ("Querer" e "Não Querer"), cingiu-se ao meu pensamento, inferindo que o amor pode ser ou não ser apenas a possibilidade de amar e ser amado. Essa realidade é intrínseca e se constitui do testemunho de que o amor é tão somente um estado impossível de se definir. Essa "dádiva de amor" que ficou em mim transbordou como uma coisa universal encheu-me muitas vezes de novidades, de desejos, de poesias.

Renunciei tantas vezes e recomecei outras tantas, tudo por um impulso do coração. Empreguei muitos meios para compreender os significados dessa exausta experiência, e perguntava todos os dias: até onde vou levar esse Querer? Afinal de contas, uma coisa só adquire significado à medida que dela tiramos benefícios.

Que importância tem para a minha vida? Ao lançar o olhar para onde tudo começou, vejo o sentido, a direção e a intensidade de quem sabe lutar consigo mesmo independente do êxito. O que busquei na paz do seu sorriso foi debruçar-me sobre a sua leveza naquela despedida no saguão do aeroporto. A promessa dele de marcar um encontro para um dia qualquer quando do nosso retorno, confesso encheu meu coração de expectativa. Criei um universo enorme para abrigar tantos sonhos, que já não estavam mais na minha alma, muito menos em meus projetos de vida.

À medida que ia surgindo no pensamento, o desejo de me arriscar às repreensões comigo mesma também aumentavam e eu me questionava insistentemente: o que nos leva a acreditar em uma coisa que não é verdade? Como saber sem experimentar? Como disse Freud: "O novo sempre despertou perplexidade e resistência". No ato máximo de minha resistência eu buscava respostas convincentes dentro deste universo tão desconhecido. Sabia que para se viver uma amizade verdadeira e linear as pessoas olham na mesma direção, compartilham afinidades e respeito mútuo.

Nesse caso, eu estava me referindo a um ídolo, uma pessoa pública, cheia de compromissos, amigos e fãs. Para ter essa certeza, teria eu que esperar pela reação dele como contrapartida ao meu desejo. O que fazer para chamar atenção? Eu nunca tinha vivido uma situação similar e assustava-me a descoberta de um sentimento incalculavelmente misterioso, vindo do fundo da alma para mobilizar o meu coração.

Depois desse encontro eu queria ir a todos os seus shows. O desejo de vê-lo falava mais alto. As dificuldades eram enormes, mas podia contar, vez por outra, com a companhia de uma irmã e de amigas.

Para preencher o vazio após cada apresentação eu me embrenhava na lembrança do encontro no avião e pelo sentido obscuro da situação, hora me envolvendo em alegria, hora me afundando em tristeza. A ambiguidade do fenômeno deixava claro que nada do que acontecera ali me destinaria a ter sucesso. Tudo parecia fictício, a começar pelo sujeito do processo, "o artista".

Sem condições de interromper a mecânica dessa circunstância, mas com o sentido voltado a desvendar esse estranho Querer, fui buscando, nas minúcias, as respostas que procurava para algumas interrogações e inquietações. O amor que sentia por ele era somente um sentimento de admiração? Esse sentimento mudou para outra esfera e já era amor de uma mulher por um homem? Coerentemente, a consciência me permitia sentir um misto de medo, retraimento e vergonha porque, para mim, só se ama aquilo que se conhece. Neste caso, eu nem sequer sabia separar o real do imaginário. Eu fugia o tempo inteiro da indefinição e me colocava como fio condutor para movimentar toda a dinâmica, no sentido de pôr um fim a esse Querer. Via esse amor condenado à morte o tempo todo.

Esse entendimento me retraia porque tudo parecia vazio. Para não me perder da realidade havia uma recomendação expressa do meu coração para não me deixar conduzir totalmente por esse Querer. Todos os dias eu dizia a mim mesma: "Considere todos esses acontecimentos que misturam sombra e dúvida para não perder o equilíbrio e não parecer ridícula!".

Para confundir ainda mais, havia uma força estranha que moldava o pensamento de ternura e resistência. Não sei se por esse motivo um impulso me impedisse de encerrar a cada derradeira vontade.

De tudo que já perdi não vou reclamar. Foram sonhos e desejos desviados da sua essência que no horizonte dessa linha não encontrei resposta. Precisei adentrar por um mundo camuflado de forças desconhecidas, viver as discrepâncias e, ainda assim, continuar com motivação para seguir. Sabia que toda experiência humana corre o risco de dar certo ou não. Perante a minha inexperiência com as coisas do coração, era pura teimosia brigar com a sorte e imaginar que tudo que desejava um dia daria certo.

No início de tudo, minha inocência não vislumbrava nada além de uma amizade, mas uma mistura de sentimentos imprevisíveis e jamais sonhados foi surgindo como uma espécie de fascínio, transcendendo para além de admiração pelo artista. Sacudiu a vida e tomou a dianteira de tudo. Frear as emoções neste exercício de convencimento, foi como seguir por um caminho empoeirado onde o inalcançado se utiliza da dúvida para eleger a incerteza como roteiro.

Havia uma mistura de amor e mistério que me fazia não desistir mesmo diante da minha capacidade de discernimento. Essa armadilha, que parecia ter sido cautelosamente estruturada para manobrar a minha vida, mostrava que o desafio não era pequeno não! Esse foi um Querer que eu quis, a qualquer custo, conquistar, sem o meu consentimento (leia-se, sem o meu controle). No desejo de entender eu arrumava sempre uma desculpa para continuar. Penso que qualquer outra mulher no meu lugar deslindaria a teia sem maiores problemas. Comigo foi diferente, pois a minha pouca experiência com as coisas do coração, acrescida do medo de enfrentar os preconceitos, tornou-se como uma verdade.

Apesar do fiasco, os sentidos inquietantes que movimentavam esse Querer celebravam sucesso de vez em quando: um pensamento falso, uma teoria mirabolante, já parecia milagre. Esses intervalos, gerados pela ilusão de celebrar vitórias eram, na verdade, um crime contra a minha vida pessoal.

Por esse Querer não fruído posso afirmar que fiz muitos esforços, porém garanto, minha disponibilidade em face dele andou longe de ser absoluta. Nunca chegou a ser plena, porque ao mesmo tempo que era presença era distância. A ambiguidade deste movimento que misturava fantasia e realidade o tempo todo, creia! Foi sonho, realização e prazer!

Minha aparente ingenuidade, ao perceber nesse Querer o seu desafeto, passou a operar-se em uma linha limite. A situação estampava a sua excentricidade nos diferentes espaços. Eu sempre pensava que pessoalmente ele tinha uma postura, demonstrava prazer em me ver, alegria em me encontrar. Afora esse momento, assumia outra atitude, indiferente a tudo, mostrava-se um estranho. Essa trajetória, que chamo de "amigos ausentes", tinha o sentido do que se vê pelo que não se sente.

Foi nos ambientes de shows que pude perceber essas (sutis) mudanças. A dificuldade de experimentar esses momentos e aceitar o modo incomum desse artista, se transformou em decepção. O sentido tinha cheiro de humilhação, mesmo assim marcou com força a certeza que o achado ainda é parte de um processo de busca. Foi importante perceber a excêntrica convivência na medida da lógica do seu próprio sentido. O impulso que eu tinha de ligar para ele foi sendo gradualmente substituído pelo desejo de receber a ligação.

Considero que o tempo todo dei provas de que eu não buscava simplesmente bajular um ídolo, meu sentimento era de afeição, carinho e admiração e, desde o início, tinha o propósito de alicerçar uma relação com amor/amizade e respeito. Tempo, tempo que se esvai, mas a pergunta fica "O que fazer com este sentimento desconhecido?", eu me perguntava todos os dias. Entendo que ninguém cruza o nosso caminho por acaso e mesmo sendo uma coincidência do destino, a realidade vai dando um realce natural de toda convivência. Este desvendar foi profético. Desde o início já previa tal desenlace, ele foi moldando a relação por parênteses, dentro da sua ambiguidade.

Na minha compreensão, o artista se confundia com a pessoa e a mim se apresentava em diferentes versões. Pelo comportamento, parecia querer me fazer de boba. Confessar que, apesar de todas as evidências do que acabei de falar, ainda encontrava razões para dar um crédito de bom moço a ele, é como mostrar que ninguém consegue se segurar na água, mas por ela é possível seguir a nadar. Este talvez seja o motivo para apesar de tudo ver entrelinhas, pelo olhar do coração, uma diferença notadamente significativa entre ele e outros ídolos.

Com o olhar voltado para o grande desejo perguntava por que não conseguia aceitar. O que me encantava? Inconsequência? Falta de amor-próprio? Deslumbre por um ídolo? Amor? Todas as alternativas são verdadeiras e estão na essência desse Querer desde sempre, razão pela qual a luta é pelo contrário. A mistura problemática de todos esses fatores foi remédio para me alertar de que nada é mais importante para manter uma relação equilibrada que o amor-próprio.

Não devemos descartar as qualidades de uma pessoa pelo que não vemos nela. Durante o tempo intrépido em que vivi essa experiência, busquei na expressão da minha alma um consenso para defini-lo. Havia aspectos da vida que nos eram afins, um conjunto de atitudes específicas diante da carreira que me fascinavam. Além disso, envolvida pela sua defesa, a consciência celebrava um sujeito com muitos predicados e múltiplas virtudes. Carinhoso, simples e simpático, pelas qualidades de extremada bondade e humanidade, consegue conquistar todos no seu entorno. Se estranho comigo assim se fez mostrar, talvez o fez pelas circunstâncias e eu como fã não fosse "por coisa do coração" também jamais assumiria estes riscos.

Em comum acordo comigo mesma, assim o defino: uma pessoa com uma presença marcante, apesar de ser um homem de origem humilde, sem nenhum título acadêmico, demarca o seu espaço com uma grande extensão na composição e que encanta com o cantar. A carreira lhe possibilita transitar do mais simples ao mais sofisticado espaço. Seus saberes acerca deste seu mundo são suficientes para preencher uma produção artística-musical sensível, leve, alegre e coerente. Para dar-me a este entendimento sem o sentimento de injustiça, procurei dispô-lo somente pela sensibilidade com o ofício.

Minha definição é suspeita, uma vez que me envolvi de sentimentos extras para além de fã. Esse "amor" saiu do campo do desejo para o da esperança infinitas vezes. Sem tinta nem papel, escrevi ao vento, pelos meus pensamentos, infinitas vezes: "Esse amor não é mentira! Nem tampouco é verdade! É uma perspectiva para transformar uma realidade". O tempo demonstrava que a sobrevivência desse envolvimento estava por um fio.

A comunicação ao telefone se configurava como um até logo. Sem entusiasmo, a conversa passou do tom de alegria à monotonia. As conversas eram brevíssimas e a pedra no caminho eram os compromissos. Eu tinha consciência que nesse Querer eu era dia e ele, noite. Nesse meio-termo, entre o calor e a frieza, eu ainda buscava aconchego.

Inserida na concepção de que todo ato de conquista tem um objeto a ser conquistado, eu não era exceção. Dei-me ao luxo de me sentir feliz, pela certeza que estava no coração. O que agora queria conquistar era mais que a pessoa do artista, já se transformara em um Bem-Querer!

Para este consolo que parece morte sem aviso, basta saber que todo coração está sujeito a viver um sonho de amor. Neste caso, eu não era exceção. Tomar consciência das perdas e ganhos para melhor compreender os sonhos e frustrações sobre esse Querer alivia o sentimento de culpa, aqui e acolá. Já cansada pelas circunstâncias vividas procurava defender o meu erro na fé e na humanidade.

Essa resignação, todavia, me surpreendia e trazia tristeza. Se distante estávamos (ídolo e fã), a qualidade da nossa comunicação tinha efeitos e significados diferentes. Por esse motivo, o gesto de troca não tinha o mesmo sentido, motivo mais do que justo para não insistir.

Embora nada mais fosse como antes, porque já havia um desânimo renascido da lição de amor mais contundente que recebera da vida, segundo a qual "amar é dar e receber", e neste caso o amor era unilateral. Para eu continuar e não deixar de tentar essa conquista, precisaria abraçar uma nova experiência. Não gosto nem de lembrar o quanto me custou.

Meio avessa às tecnologias, o tempo tentou celebrar outro instante de vida. Não sentia simpatia, mas era legítimo o uso das redes sociais, uma vez que não havia outro meio. Provisoriamente, fui me abastecendo de dúvidas e incertezas para encarar esta nova experiência. Mantive a discrição que me acompanha desde o início, suscitando para este amor respeito e coerência.

De uma coisa tenho certeza — não o atropelei uma vez sequer por acreditar que meu momento de glória ia chegar, e não era pela conquista desse amor, mas pela minha liberdade.

A experiência se dava quase que exclusivamente nos bastidores pelo uso privativo da comunicação. Eu não contava com a sua companhia em nenhuma das travessias, nem pública, nem privada, mas retribuía suas atitudes de "má educação" com gentileza.

Formei um acervo enorme em uma sucessão de dias e dias. A rotina envolvia-me dos mais variados sentimentos e instigava-me a escrever para ele, mesmo que fosse um pensamento, um aconselhamento, uma reflexão do amor e da trajetória.

Foi aprendendo a amar e me dividindo entre a razão e o amor que me debrucei sobre a escrita. Este festival de palavras que me inclinava a despertar a atenção dele, vez por outra me remetia a um tempo de fuga, para me envolver de dúvidas e de perplexidade pela ausência de consideração.

Sentia muita saudade do meu tempo de liberdade. Tomar consciência das perdas e danos sentimentais ao longo do tempo mexia com o corpo e o coração e confirmava que amar se aprende amando e que no amor não há liberdade plena, porque os vínculos nos aprisionam. Ah! Quanta saudade de amanhecer com os meus pensamentos livres para escolher entre tantas coisas, as mais simples, as mais banais!

A possibilidade de um encontro comigo mesma, em tempo de liberdade, parecia uma coisa ainda muito distante.

Desse aprender tão duradouro (que parece mais roteiro de filme) tem um percurso cheio de vicissitudes. Este sentir, pensar e agir abortou uma relação franca com a poesia. Nesse escrever poético nada é puro e/ou exato para não destruir o mistério do querer.

UM QUERER

O meu querer
Foi um tropeço em uma magia.
Foi uma espécie de agonia.
Um sentimento pleno e vazio.
O meu querer
Foi uma espécie de pacto sombrio.
Não tinha (cor) sabor e nem alegria.
Porque só tinha minha companhia!
O Meu querer
Foi uma espécie de utopia.
Tinha desejos, sonhos, fantasia
Um absurdo que não se cumpria.
Foi um querer
Que nasceu de uma forma tão rara!
Andou depressa como a lua clara.
Em pouco tempo tudo se apagou.
Esse querer
Foi fragmento de uma tempestade.
Sobreviveu ao tempo e à estrada.
Mas no chão duro não se incorporou.

O desfecho surpreendente e quase sempre decepcionante só transcendia para o enfoque do Querer. Ele era poderoso, forte e presente o suficiente para cobrir de "significâncias" todos os momentos da minha vida. Eu tinha um sentimento de transmissão simultânea, uma comunicação de pensamento seguida por uma lágrima quente que escorria do meu olho direito e que, por vezes, marcava a minha face. Uma verdade inacessível à razão.

Posso garantir que muitos fatos nesse itinerário me assustaram, sendo os mais comuns: falta de controle dos impulsos causados por esse Querer, confusão de sentimentos, duplicidade de sentidos.

Mais que um Querer, foi uma espécie de trabalho, uma labuta, uma árdua tarefa. O foco não estava na atividade em si, mas no resultado do exercício. Era exaustivo, cansava o corpo e a mente e ainda sugava as forças do espírito, levando a minha fonte de fé. Minha condição humana cansada e saturada por tantos aborrecimentos sonhava capturar esse Querer para outro tipo de entendimento.

Nos meus momentos de conversas com Deus — que não foram poucos — eu encontrava uma calma que abrandava o coração; em compensação, seguidas vezes comigo mesma senti desprezo por mim, tinha consciência de que esse Querer não era um plano meu.

Vivi o desespero e a impaciência, julgando que os meus sentimentos eram meus próprios crimes. O choro natural por tudo era uma constante. O meu amor-próprio era o meu sinal de alerta.

Dei muitas cabeçadas e minhas atitudes lhe causaram perplexidade, que mesclava incerteza e verdade. Para quem não acredita que a sina frustra o destino, aqui está um bom exemplo. Esse fio de luz coado dos meus sentimentos muitas vezes se transformou em trevas.

Minha escrita era toda a fortuna que eu tinha para dividir com ele, era um eixo do meu saber e da minha sensibilidade e, por ela, aqui eu quis mostrar que ter um sonho de amor não é receber a visita de um fantasma.

TER UM SONHO DE AMOR

Quando a gente se apaixona
A vida ganha tom de aquarela,
As cores matizam o mundo.
Suspiros despontam
Para ele e para ela.
O amor ganha sentido de querer
E assume na fantasia
A força de um poder
Que marca em absoluto o sonho
Na esperança de sobreviver.
Ter um sonho de amor
Já parece uma decisão
O nosso amor vai ser assim:
Eu só pra você e você só para mim.
Será amor infinito
Que na vida segue sonhando
E nos sonhos morre sorrindo.
Ter um sonho de amor
É se envolver do sentido da paixão
É embrenhar a vida em uma mera ilusão.
Achando que é realização
Ter um sonho de amor
É confirmar uma ideia,
É pactuar na fé ingênua
Até que a morte nos separe
Pela sombra do destino.
Ter um sonho de amor
É uma espécie de ilusão.
Está no imaginário
Como uma espécie de oração

Que merece todo dia
Um pouco de atenção
E pela necessidade de partilhar
Se transforma em obrigação.
Ter um sonho de amor.
É amontoar inspiração,
É fazer e desfazer
E ainda entender
Que se a alegria estiver por perto
E encontrar um coração aberto
Tudo pode acontecer.
Ter um sonho de amor
É viver em estado de poesia
É ter no coração amor e alegria
E mesmo sem consentimento
Decretar: este sonho já é verdade,
Pelo meu capricho de sonhar.
Ter um sonho de amor
É ter um desejo a se firmar
É seguir meta para alcançar
E enquanto o desejo perdurar
Não esquecer de tornar forte
Para ver frutificar

O desânimo e as decepções que compõem esse universo foram a grande contribuição para mostrar o tamanho do horizonte, servindo para redimensionar o caminho em várias direções. O fio da meada se extraviou tantas vezes que perdi a conta, mas reencontrava-me sempre no mesmo ponto, na insistência.

É a mais pura verdade que uma mulher desencantada busca, na dificuldade, demonstrar sua disposição. O meu grande desafio e compromisso em alcançar buscou intermitentemente encontrar o viável. Meu foco foi conquistar, ganhar confiança para uma amizade. A célula matriz para manter a sua sobrevivência foi a palavra. Ao que tudo me parece, o seu medo foi da palavra. Penso que falei muito e pelo poder sugestivo escrevi demais. Usei para tanto os espaços e meios virtuais. Em todos eu quis plantar uma semente; na verdade, chamar sua atenção. As manifestações eram poéticas, informativas e reflexivas. Tudo na perspectiva de alcançá-lo pelas palavras.

Não dá para definir o tamanho desta impressão de amor e mistério que chamo de Querer. O desejo de viver num movimento romântico era um plano distante pela nítida consciência que ilustrava o quão distante isso estava da realidade. Era um sinal estranho, cheio de conflito e drama, que me trazia a sensação de estar sitiada e sem esperança de me reencontrar.

Querer o que não se pode ter é investir no que não se deve, e para qualquer um é arriscar-se numa insólita aventura. Eu sabia quanto o sentido dessa história de amor era ilusório, mas um Querer que existia em mim impulsionava-me em todos os sentidos, inclusive para revelar ao mundo este segredo.

A situação que estampa esse desejo também tem um poder sugestivo pelo tamanho da minha solidão. A maturidade sobre esse episódio sugeria viver em silêncio esse tempo e as suas adversidades. Tudo que fiz nesse mundo circunstancial foi no mais tranquilo silêncio.

Por meio da palavra dei o mais alto grito.

Por meio da mentira consegui enganar o coração.

Pelo louvor a Deus na agonia de não ter resposta imediata, eu consegui a dor aliviar.

Essas tempestades da vida podem ter resquícios de uma convivência humana que o tempo deteriorou, mas não apagou. Neste caso, a experiência de viver um mal "com evidência de espírito", é como preservar um reflexo para eternizar uma história. Foi daí que me dediquei a investigar. Parecem memórias armazenadas no pensamento, com uma ligação inominável na pessoa desse ídolo.

Prenunciando outro futuro para este Querer desejei revelar o meu sentimento para ele, mas foi sentindo na própria pele o efeito desse desejo que o preço da paz falou mais alto. Declaro por mim que não há modelo pronto para se fazer uma declaração. Este é um exercício de natureza íntima e solitária. "É um abrir para falar de si" e requer pontuar dentro de uma coerência o que se quer revelar.

Não terei coragem de matar meu amor-próprio em nome de nada. Ele pode até sofrer abalos, mas deixar de ser essencial e expressivo nunca! A lei universal do amor não sugere a ninguém se desgarrar dos seus valores.

Eu dispunha de todos os espaços do mundo para revelar meu sentimento e assim o fiz por meio da minha literalidade.

Tudo que aconteceu foi motivo para muitas confusões em mim. Via nas entrelinhas, pelos olhos hesitantes, coisas que não queria imaginar.

Ter consciência que repetir e repetir é obedecer à mutação do querer, é assumir que não dava conta da tarefa.

Com a experiência pude acumular quantidade significativa de material escrito, rico em manifestações poéticas, no intento de desafiar esse Querer a se manifestar. Mascarar indiretamente pode facilitar traduzir a máquina artística.

Nesse novo olhar é nítida a consciência que em um mesmo espaço, milhares de falas e olhares constituem-se em peças valiosas pelo acontecimento, mas a expressividade de cada um se desvincula no final do show e/ou no final do encontro.

Este entendimento foi sendo revelado à medida que buscava dar sentido a experiência. O conjunto das conversas com ele que nunca tinha retorno parecia ser o seu único modo de expressão com todos. Imbuída desse sentimento fui dando margem a desvendar um caminho mais seguro para fazer esta conquista porque nada é como parece e o engano soprou de ternura os pedaços do quotidiano que, para ele, eu queria mandar. Por isso eles vão continuar entre nós, cumprindo o ofício próprio de uma missão de amor, mas a descoberta do tamanho do seu mundo acalmou a ansiedade. Agora, em tempo de "liberdade", a conversa é comigo mesma. A visita desta verdade, me fez entender que "esse nosso destino de amor sem conta" só sabe contar é quem viveu.

Dos frutos da minha escrita e por um critério de seleção de conversas resolvi montar um longo monólogo. Chamo-o de monólogo porque o discurso tem a mim como único personagem. O que lhe mandava por escrito não recebia retorno algum. O monólogo não tem modelo-padrão, não foi escrito para oratória teatral, muito embora o personagem principal fosse um "artista". Formou-se de fragmentos de escritos que marcaram um longo tempo de conversas solitárias. Escolhi aleatoriamente, com o risco de desafiar até o que escrevi. Foram etapas do meu projeto. De tudo que guardava nas minhas caixinhas de segredos, que enviava sem a certeza de que o carteiro iria encontrar o destinatário, resolvi em uma brincadeira transformar. É uma conversa ressentida, em que, cautelosamente, está escondida a força de um destino que veio para as nossas vidas movimentar.

A seguir, trecho extraído do grande monólogo com a intensão de amenizar o momento de ver e ler.

MONÓLOGO POÉTICO, MORADA DE CORAÇÃO

Oi! Como vai o seu dia, sua lida, sua vida?
Estou eu aqui de prontidão.
Como uma amante apaixonada
Mas revestida de proteção
Apesar do envolvimento
Com o seu mundo de faz de conta!
Dele não quero mais participar.
Foi belo, trágico e nostálgico!
Difícil de acreditar
Foi um tempo tão difícil!
Que os nossos sacríficos
Hão de vir sempre.
Para nos fazer lembrar
Vamos trocar as saudades
Nossos abraços e encontros
Por sentimentos de liberdade
Para não transformar nossa relação
Em uma prisão domiciliar.
Ei! As coisas levam tempo para passar!
Mas quando a hora chega
O melhor é aceitar!
Vamos construir novas pontes
Para atravessarmos a vida
Já que a nossa lida é tão diferente
Que nosso ideal de amor
Jamais poderia se encontrar
Para reparar o seu silêncio
Só mesmo a consciência
E para chegar nessa morada de coração

Diante de todo acontecido
Arrependimento, desculpa e até perdão
Ei! Não fica triste não!
Que ao despertar de cada dia
A alegria pode abraçar o teu dia
Agora bem distante, é claro!
De quem nunca foi tua companhia
Assim de braços abertos
E coração aliviado
Vamos nós,
Bem-vindos sabedoria de poder compreender
Que nesse monólogo, casa de coração
Não há motivo para conversação.
Essa conversa é a sós
Tem sentido de ausência
E gosto de solidão
É o melhor remédio
Para aliviar qualquer tipo de tensão.
Ei! Tem ideia de quanto tempo
Durou essa pendenga?
Sou capaz de te dizer em pouco tempo
Quer saber? Te digo agora
Durou o suficiente para ficar gravado na memória
Sem nenhum propósito ser palco para tantas histórias
Com este triste enredo.
Desejo que não tenhas medo de com ele se envolver
Te asseguro que essa coisa, afinal,
Tem muito para te enriquecer
Fico eu aqui no meu canto
Grata por um dia ter tido
A oportunidade de te conhecer
E por meio dessa "convivência desconhecida"
Poder abarcar novos desafios para um novo viver.

Foi no silêncio destes momentos que encontrei o solo para deitar tantas palavras e no esforço de fazer o outro falar, que falei...

Havia o sentimento que a sua ausência era quase sempre presença. Parecia estar sempre por perto. Essa mistura de amor e paixão, que denomino "Querer", levou-me a uma peregrinação hercúlea em busca de definição, de tradução dos sentidos.

Assimilar o proposito deste Querer, açoitado pelo destino e abastecido por desavenças, foi como um revés leal e honesto. Apesar de ter vivido uma espécie de escravidão, foi possível tirar importantes lições de muitos fatos negativos.

Aqui, numa visão subjetiva muito pessoal, vou tentar tratar das coisas da alma em outra esfera. Ela é parte de uma cadeia universal da qual não tenho muita afinidade e tenho pouco conhecimento. Veio a mim pelo rumo oposto, por um sentimento estranho que me abordava e entre o sentido e o não sentido eu me dividia. Sempre que estamos frente a coisas completamente desconhecidas, a nossa tendência é buscar fundamento para responder as nossas interrogações.

Desde as primeiras observâncias de modo a responder minhas perguntas, precipitei-me tantas vezes, numa inquietude de modo a ter ciência dessa novidade. A falta de conhecimento me confundia, mas um olhar mais profundo pelos sentimentos e sensações me mostrava que havia uma existência de vida cujo fim só a Deus pertence. É a presença de uma entidade existencial que nada sei e pouco me interessa que percorre todo meu amor e desordenadamente apaixonante chama atenção.

Por mais improvável que pareça e por mais distante que esteja, somente quem vive sabe responder. Só sei uma coisa neste absurdo: o encaixe é perfeito para outra metade mesmo que esteja no descrer.

Foi pelo absurdo do contrário e pela existência improvável que as minhas verdades profundas tocaram o meu espírito. A consciência fez com que eu me afastasse de mim mesma para adentrar por um mundo místico sem muito tempo para entender.

Penso que existiu uma atração fora do meu entendimento de amor para a vida. Coincidência ou não, sentia uma sensação que inspirava a alma a um encontro. Uma lágrima brotava do meu olho direito deixando o sentimento de que, naquele momento, havia um encontro entre nós, mesmo que estivéssemos distantes geograficamente um do outro.

A tentativa de transcender deste para outro momento formava um movimento rodeado de muitos mistérios. A sensação de que estava submetida a um cerco magnético, acompanhada de uma coisa sobrenatural, chamava atenção por sintomas até então desconhecidos: um sincronismo entre um suspiro e outro; um aperto no peito; um mau pressentimento, algo que parecia a consequência de um estado de maldade.

Seguindo pelo aspecto da religião, como católica, entendia ter sido eleita por Deus para vivenciar esse episódio. Para o meu desencanto, o que denotava em princípio ser um sentimento de amor transformara-se em conflito, eu perguntava sempre: "Meu Deus! Quem ou o que está por trás de tudo? Pensar em Deus e julgá-lo capaz de colocar no caminho de alguém um infortúnio desse tamanho seria algo infame, resistia em aceitar porque creio verdadeiramente em Deus e em sua infinita misericórdia.

Precisaria sair da lógica dos sentimentos católicos para adentrar no mundo de outras manifestações espirituais. Pensar o ser humano capaz de praticar malefício, mandinga, feitiçaria, era homologar outro desafio em percurso tão espinhoso. Daquilo que não conheço e não tenho certeza necessito buscar, no processo civilizatório, a resposta dentro do que me que chama atenção e ultrapassa o meu entendimento.

Desmistificar algumas manifestações exigia traduzir para a realidade alguns sentimentos identificáveis, tais como um sentimento de vivência plena na fé católica, um sentimento intuitivo que alguém por meios espúrios produziu alguma espécie de maldade. Não era delírio, era um jogo que tentava decifrar e pelos sentidos obscuros me levava para uma possessão espírita.

Nesse caso, o conhecimento era empírico, baseado em deduções simples, que se fundamentavam mais em superstição do que entendimento.

Essas regras sem lógica produzem medos e, como coisas ofensivas, abrem um campo fecundo para ir-se mais além. Seria ingenuidade afirmar que fui envolvida por "algum produto da maldade" para impedir ou produzir desavenças, desconfortos e descontrole nessa relação. Por outro lado, mesmo sem acreditar plenamente na existência desses eventos sobrenaturais, posso afirmar que vivi o disfarce sob a forma de amizade, com o objetivo de confundir meus sentimentos. Deixo aqui, de forma fragmentada, a intrigante ideia que teceu meus sentimentos. A existência de um plano para embaralhar a minha convicção, como uma visível oposição às minhas convicções, não foi um contexto da imaginação, foi real.

Todavia, essa apropriação teceu meus sentidos de tal forma que esse mistério, diante de todas essas possíveis entidades espirituais, não fragmentou a minha fé para além do limite da minha crença em Deus. Acredito em energia negativa. Sei que ela existe e é plantada na emoção, no pensamento e nos sentimentos da pessoa a quem se quer atingir, desde que esteja vulnerável (com baixa sintonia). Energia negativa que vem das pessoas com as quais nos envolvemos. Não sei se devo pedir perdão a Deus por pensar o mundo assim, com essas vertentes. Sei bem que o desafio me levou a supor que alguém usou de maldade para me atingir. Pensar o mundo é ir além das suas fronteiras e concretizá-lo. Aqui é a aspiração a ultrapassar o desejo.

Pelo aspecto da religião, um mapa e um itinerário levavam-me a diversos caminhos, leituras bíblicas, rezas, meditação. Devo confessar que um desejo de orar excessivamente para mim e para ele me intrigava, porque não era fazer aquela prece rotineira, era ir além do compreensível e da tolerância. Um poder misterioso, após a comunhão divina, dava-me, em nome de Deus, o conforto para o sofrimento.

A natureza deste enleio leva o entendimento para o caminho da metafísica, ou seja, entender o ser, a essência de Deus e da religião, complexidade que vai além dos sentidos físicos. Todas vezes que me sentia arrebatada por estes sintomas desconhecidos, obedecia tão-somente ao coração. Por vezes, mantinha-me calma. Em outras, vivia uma espécie de aflição.

O meu pilar de sustentação foi a minha fé. Pensava no silogismo sempre antes das minhas orações: "se Deus se manifesta naquele que Nele confia", tenho confiança em Deus e por essa certeza, hei de um dia, não sei quando, encontrar a resposta que tanto procuro. Muitas vezes ouvi: "Deus tarda, mas não falha", "Não há mal que não venha para o bem", "O tempo de Deus é exato", nenhum minuto a mais, nenhum minuto a menos, porém, recolher-me e esperar nunca foi minha proposta.

De todos os medos vividos durante esse episódio, o mais forte de todos sempre foi o de perder-me de mim mesma, porque tudo parecia tão mais forte do que eu e dos limites entre o que sou e o que desejo que só me restava vestir-me de expectativas.

O Querer perdura feito um feitiço. Continuamente, esforçava-me para não me entregar, visto que nunca entendi como algo normal um sentimento simultaneamente tão grande em bondade e maldade. Tinha a impressão de que o sentimento era obsessivo, porque não dava trégua.

Este assunto é delicado e requer conhecimento. De tudo que aqui levantei, de três coisas tenho certeza: que verdadeiramente eu nunca quis esse querer; que ainda não estou pronta para me retirar dessa cena; que esse ciclo não pode ser interrompido sem antes terminar.

Orientada a procurar um Centro Espírita, ganhei mais um elemento a me amedrontar na administração dessa caminhada. Antes de falar com alguém dessa seara, pensei, refleti. Decidi dar um tempo. Tempo suficiente para digerir a proposta de explicação do meu caso à luz do Espiritismo.

Passados alguns dias, munida de uma única certeza — a de que eu precisava, sim, de ajuda — decidi correr o risco de traduzir em poucas palavras esse complô de sentimentos para quem nunca imaginei falar.

Lá fui eu, com o coração apertado, a respiração estreita, mãos geladas, em busca do Centro Espírita recomendado. A surpresa foi o alívio de sentir que não era nenhum absurdo que se estabelecia contra a ordem regular da natureza.

Jamais pensei que, seguindo caminho contrário, eu pudesse chegar ao destino correto. Foi mais ou menos assim que me senti. Fui bem acolhida pelos abraços dos encarnados e desencarnados. Esta explicação estava no Espiritismo Cristão. Eu tinha milhares de perguntas, mas nada perguntei. Não ouvi respostas, vivi os sentimentos. Entendo que está em mim essa decisão. O meu anjo, sem falar-me uma palavra, disse-me: "Não te retires, saiba encontrar o caminho daquilo que é e o que procura".

O mundo, mesmo quando cego aos nossos olhos da carne, é um belíssimo espetáculo em representação mental. Reconheço que tive dificuldade em aceitar e adotar a doutrina codificada por Kardecismo, mas passei a ler e a fazer parte de um grupo de estudos semanais. Pelo Espiritismo a certeza que a vida é composta de ação e reação por tudo que fazemos, quem garante que os reflexos do hoje não vieram do ontem?

Mais importante do que aceitar determinadas regras religiosas é saber que nenhuma é perfeita em todas: há verdade, beleza e distorções e o respeito ao ser humano, independente de religião é obrigação de todos.

A discussão em torno do assunto com certeza trará opiniões divergentes. É como chamar para repreensão, cada um tem uma resposta pronta: ah! Isso é paixão, passa rápido; é amor platônico, não dê atenção; é carência afetiva, falta de amor-próprio, e daí por diante. Simples, não? Quando se trata do outro! Para mim, nada fácil!

Os sentimentos estranhos que se me assomavam todos os dias precisavam de esclarecimento. Não mudei a minha crença em Deus, mas tinha a compreensão de algo desconhecido. Queria, reitero, entender esse encontro casual nascido de um desejo forte e indefinido, envolvido de predições que me seguiam feito sombra para desarmonizar.

Novo entendimento sobre a dor desse Querer.

O choque de realidade (descobrir causalmente um Querer descabido) mexeu com os meus instintos e nem há palavras-testemunho para traduzi-lo. Digo, novamente, que o pior medo foi o do ridículo. O meu freio era o meu esforço para não arriscar a minha dignidade. A certeza de que teria que enfrentar muitos julgamentos confinaram-me ao silêncio.

Todo o pacto feito no sentido de destruir esse Querer acabou se transformando em proposta para continuar. Sucede que esse erro fez-me construir duas pontes para fazer a travessia: medo e coragem; enquanto uma resguardava, a outra impulsionava.

No meu entendimento de custo-benefício havia um equilíbrio, nem tanto para o bem, nem tanto para o mal, porque essa vontade que a qualquer preço eu tentava reprimir era a evidência mais clara de que a repressão deixou marcas e a liberdade, por vezes, ainda exprimia resquícios do passado.

Privada de tantas outras coisas fluía em mim o desejo de falar sobre isso com alguém. À mercê da minha aspiração por esse terapêutico desabafar, mas convencida da significação do sentimento como propriedade apenas minha, avaliei que poderia escandalizar meu tempo com tal atitude. *Se falar o sol não vai surgir e ao invés de sorrir talvez tenha que chorar!* Então, por que falar? Com quem falar? Será tempo para falar? Haverá tempo certo para falar?

No meu acervo de vida há muitos segredos, porque nunca foi traço da minha personalidade falar de intimidades. Reservava-me ao silêncio sempre que se tratava das coisas do coração, mas esse desejo forçava a falar do que não queria. Na música de Djavan encontrei o suporte que precisava: "Meu bem-querer / É segredo, é sagrado / Está sacramentado em meu coração".

O coração pequeno e despreparado para aguentar esse sentimento grandioso e profundo buscava um apoio, uma companhia, um cúmplice com quem dividir. Essa motivação passava por uma reflexão pertinente.

Tinha de considerar que nunca na vida havia passado por algo parecido e que esse bem-querer era uma coisa rigorosamente minha.

Sabia que uma frustração, por incapacidade de conquistar o que se deseja, podia até gerar conflitos; por outro lado, apontava para reflexões diversas.

O que busquei, desde o início, foi a construção de uma amizade mutuamente forte, mas o tempo se encarregou de modificar os meus sentimentos, de transformar minhas emoções e de plantar a incerteza. Da confusão que se infiltrou em mim, ainda sobrou esse desejo confessional, admito.

O sentimento de querer fazer essa confissão tinha sentido na solidão e no desamparo, que me doíam muito. Não se tratava de um projeto de vida, era uma astúcia do coração, coisa que nós não esperamos, mas pode chegar a qualquer instante, ao que ele recusa e ignora, parece ter raiz.

Meu Deus! Quantas vezes pedi socorro às forças supremas da natureza! Acho legítimo porque minha ignorância para lidar com as coisas do coração é infinita. Recorria, com muita saudade, quase todos os dias, às lembranças do tempo em que eu era dona dos meus atos e dos meus quereres.

Chorei de tristeza vezes sem conta, e de raiva também, por sentir-me deslocada do meu verdadeiro alcance.

A este universo chamo de "provação". Vez por outra havia um sentimento que aliviava um pouco a alma. Era a compreensão de que existiu uma situação concreta: houve de fato um encontro em uma viagem, presenteei-o e por um tempo trocamos diálogos. A outra compreensão era abstrata, ela existe no campo da ideia para se firmar na ficção.

É temeroso falar deste tempo ainda presente quando tudo parece conspirar contra mim. Agora que tudo está abalado — a amizade, o querer e o bem-querer —, são luzes do passado, a carrear penumbra para o futuro. Analisando, não acho pertinente desnudar-me da vergonha de fazer essa revelação para mostrar essa realidade visível aos meus olhos e oculta aos olhos, dos outros, porque posso decepcionar, afrontar e até magoar.

Para mobilizar minha compreensão neste campo era preciso superar muitas limitações: falar sobre o assunto, sem medo do julgamento do outro; viver o sentimento de irrealidade acreditando que sua verdade é parte de uma contradição; entender que é possível ressignificar a vida durante todo o seu percurso. Como fazer o outro compreender se eu mesma não compreendo é o que estou tentando dizer.

Como se pode ver não é fácil resolver! Não se trata de simples interpretação de palavras, mas de adoção de novas atitudes. Assumir a vida em plenitude, sem culpar a mim nem aos outros, objetiva falar, viver e entender suas vicissitudes. Desde o início tentava falar, consultar outros, encontrar apoio, entretanto, quando comparava as conveniências e desvantagens, a resistência era mais forte. Sempre escapei pela tangente quando alguém sugeria falar das coisas do coração. Minha postura sempre foi me mostrar forte, destemida, corajosa e fingir que os troços do coração não abalavam meu bem-estar. Afinal, a força do meu espírito tinha de ser suficientemente vigorosa para suportar qualquer adversidade.

As coisas do coração sempre ficaram em segundo plano. Fui treinada, como tantas pessoas, pela falta de liberdade, a reprimir esse tipo de sentimento. Colocar o coração frente à razão era quase um pecado. Para despojar-me do labirinto vivido e viver a liberdade de tomar decisões precisava desligar-me das velhas regras. O nível de dependência era tanto que eu sentia, sempre, a necessidade da isenção dos outros para falar das coisas do meu eu mais profundo.

Evidentemente, eu não saberia nem por onde começar e, pelo medo de constrangimento, melhor não arriscar. Por outro lado, se tomada num sentido menos rigoroso, essa sombra indefinida é caminho para outras definições. Para retomar o sentido reflexivo desse Querer, vale também capturar a essência verdadeira de uma conquista: conquiste a si primeiramente, procurando superar medos, preconceitos e fracassos, para que a relação se constitua em comunhão consigo e com o outro; entenda as divergências como parte de todo relacionamento humano; não abra mão da reciprocidade como célula principal de todo relacionamento em detrimento da sua autoestima.

Esta distinção aparentemente frágil pode demarcar, como limites, o amar e o ouvir. Aqui, o toque biográfico se instaura em mim, com milhares de lembranças. Quadros de memórias que parecem irremovíveis. Algumas lembranças se afiguram pelo momento distinto e apertam o explicável receio. Não foi fácil passar pela experiência de vida que passei e conseguir encarar estas eventualidades com o olhar de normalidade como outros poderiam enxergar.

Vivi as desesperanças, as descrenças e os desamores neste campo, o que me faz lembrar a existência de muitos preconceitos. O produto da insensatez das pessoas, em detrimento da aparência física, ainda vive como lembranças neste meu presente. Não há como negar essa particularidade e mesmo sem dar muita ênfase, nunca foi possível desconsiderar a dor de viver "a deficiência física". Aceitar o preconceito como ignorância é a regra para, hoje, viver feliz.

Acredito que trocar o medo por coragem para desbravar o mundo em todo e qualquer sentido é o estatuto para todo deficiente físico. As marcas ficam intrínsecas na deficiência por negação à condição.

Penso que toda pessoa com deficiência carrega as suas impressões íntimas como seu próprio preconceito, o que acho natural. A deficiência grava no próprio corpo, ou na mente, a insuficiência como marca particular. Dizer que somos iguais é uma ilusão. Somos, sim, iguais perante Deus. Há algo que nos distingue à medida em que nos falta algo no corpo físico ou na mente. O que temos de igual é o nosso horizonte, o desejo de participar e de vencer, e transformar a deficiência em eficiência.

Nesse universo estabelecido pela própria lógica da natureza, eu, desprovida da perfeição física, criei para o meu tipo a autodefinição: sou uma mulher simples, forte, ética, consciente o bastante para converter em entendimento as desproporções relacionadas à minha deficiência, porque a entendo como circunstância da vida. Sou a beleza, sou a feiura, sou a força, sou candura. Depende do momento. Não posso esquecer quem sou e muito menos o que vivi.

Este Querer esdrúxulo até poderia ser considerado normal por qualquer mulher, mas, para mim, como pessoa com deficiência, foi um retorno no tempo. Parecia que ele estava enraizado nos mesmos preconceitos.

Todo mundo sabe — menos quem está apaixonado — que esses momentos acontecem para todos. Seria covardia da minha parte associar o insucesso dessa relação à deficiência física. Tenho clareza que a força de me opor foi mais forte que a de aceitar.

Considero uma "feliz coincidência" a oportunidade da aproximação que me confundiu sem eu querer. Freei o quanto pude para não seguir seus passos. O interesse se perdia e se encontrava apenas no querer e as concepções da alma me diziam: na sua porta não adianta bater. Assim, penso que sem dever nada a ninguém somente pelo meu desejo, vou seguir!

Não tenho vergonha de confessar que o meu desapontamento de certo modo contribuiu para manter distância da sua presença física. Como achar se não procura? Fiquei no meu eixo reclamando das estranhezas e, assim, disfarçava o medo com outras ocupações. O que sei é que pouco ou quase nada sei da sua vida, mas disposta a me reorganizar, tenho consciência que são assim as paixões e os amores enquanto não se firmam.

Fui a poucos shows e confesso que o impressionante clima de entusiasmo de pessoas, das mais diversas idades, chamava minha atenção. Aquele clima de ostentação abafava minha luz. Eram fotos, paparicos e declarações de diversos tipos. É justo que seja assim. Este é o efeito de devolver ao artista a gratidão pelo trabalho, mas não foi incorporado por mim, meu sentimento era outro. Acanhada, tímida e discreta, não tinha mérito para concorrer de igual para igual e não tinha propósito para tanto.

Neste sentido, delimito o meu eu dos outros fãs. Tinha firmado comigo mesma que seria alguém para além de fã e disto eu estava convencida. O caminho que queria seguir era outro, porque tinha outro sentido. Precisava decifrar o homem, o sujeito e seu processo com a arte.

Nos poucos shows em que pude vê-lo, conversamos rapidamente. Nunca tirei uma foto com ele, porque tenho aversão a fotos ou coisas do tipo. Penso que meu sentimento de corpo não combina com máquina fotográfica. Perscrutei a vida toda esse sentimento e nunca me arrependi porque não era fundamental. Não me preocupei em apurar esse sentimento, ele não prevalece sobre o meu bem-estar e nem sobre a minha felicidade cotidiana.

Confesso minhas divergências com o exercício da fotografia. Por mais bem-intencionado que seja o fotógrafo, o momento da foto ainda é traumático. Uma fuga na hora do fato especialmente por discordar que todos devem estar dispostos a sorrir, foi motivo para frustrar muitas pessoas. Não quero nem pra mim e nem para ninguém fazer o que não gosta, só quero ter liberdade de ser assim.

Há muitas maneiras de se falar de um amor. Neste caso tudo coube aqui, até o invisível. Foi preciso falar de forma contundente dos personagens já visto que ainda dura um tempo para acabar, porque depois de cada quebra tem um recomeço.

Com desprezo ou com ternura decidi viver onde me sentia mais segura e, na minha desordem organizada, ganhei um espaço significativo, as redes sociais. Nelas, vivi o medo inicial de toda experiência, mas experimentei o momento mais sublime dela, porque o espaço permitia manifestar os sentimentos, inclusive revelar esse Querer dentro dos limites que julgasse prudentes e seguros. Mesmo assim, a severidade comigo me levava a temer esse espaço. Parecia que o mundo era um descampado e todos teriam acesso às minhas revelações.

O exercício de amar é ainda o maior desafio da nossa vida, ninguém está livre de viver as dores e sofrimentos inerentes a essa aprendizagem. Desse mundo emaranhado de expectativas e cheio de sinais estranhos, uma lembrança insistente tinha espectro — o de um amor infeliz.

Em Carlos Drummond de Andrade, no poema "Nascer de novo", temos: "Amor, a descoberta de sentido no absurdo de existir". Convenhamos que aqui o enfoque está sobre o absurdo do meu amor. Provavelmente explicável para mim, e foi por tudo isso que cheguei ao seguinte entendimento: é possível que este absurdo seja somente para marcar a existência dele, nesta história, e quem me dá esta compreensão "cênica" é o próprio sentido do querer. Livrei-me de viver outros amores, em momentos diferentes, pelo sentido severo que dava às relações. Arrisquei-me poucas vezes e os motivos que me levaram a essa compreensão, confesso terem sido mais significante para mim do que para o amor.

Muito cedo compreendi que o meu ser "diferente" me levava por caminhos diferentes, certamente pelo sentido contrário de como tudo acontecia comigo.

Nunca corri atrás de homem nenhum, além do possível para uma simples paquera, porque tinha os meus receios. Meu amor-próprio sempre foi minha maior significação e serviu de parâmetro para meu ideal de mulher deficiente. "Ser conquistada e não conquistar". Estou falando de amor entre duas pessoas. Amor verdadeiro, que vai além do romantismo e do erotismo. Sentimento puro ("um amor puro, puro..." como canta Djavan), em que há empenho, cuidado, trabalho e compromisso dos dois para viver uma relação coerente. É sentimento para viver e demonstrar, e não para esconder com vergonha. É para andar de mãos dadas, para apresentar com orgulho, para sentir, felicidade. Quando o olhar enviesado e preconceituoso do outro for motivo para humilhar, fazer por sentir-se parte deste amor, com a grandeza do despreconceito.

Existem formas de amar e espécies de amor. É a partir dos modos próprios de cada um que o amor adquire identidade. Amor, seja como for, é amor. Basta saber que amar é bem servir e ser servido. De todas as lembranças agradáveis que tenho de amor, a melhor representação é a do amor fraternal, porque nele vivi situações significantes, fortes e duradouras.

Parece que daqui a avisto a minha vida em família. Menina sapeca, mulher, pessoa determinada. Nunca me faltou apoio nem amor, e a coerência me ensinou a amar. A companhia da família foi a base moral que eu precisava, porque não era fragmentada e nem desigual, apesar da minha deficiência física.

Meu ninho de amor se formou na família e, com uma característica maternal, criou raízes para eu cuidar de todos. Assumi um posto, deveras difícil. Para uns, eu era o complemento que faltava, para outros, uma sobra desnecessária. A sabedoria, contudo, me deu paciência suficiente para entender minha missão.

Pus-me à disposição e a medida do amor era a mesma da responsabilidade. Ensinar a todos como caminhar para o mundo, sempre com a lucidez que o meu desejo poderia não ser a vontade do outro. Amei tanto que em meu coração não cabia outro amor. Já em tempo desse meu Querer, senti muita tristeza, por achar que estava roubando deles para oferecer a este amor.

Sempre tive medo de faltar aos que amo. Em meio a todos os equívocos vividos, o sentimento de culpa tinha seu espaço garantido, na medida do tempo disponibilizado "inutilmente" com este Querer. Parece que havia uma proposta dele de sufocar todos os outros amores que existiam na minha vida: amor de pai, de mãe, de irmão, de sobrinhos, de amigos. A dimensão do meu amor para esses amores já não era a mesma e eu não tinha força para mudar.

Usei muitos artifícios para, discretamente, ocultar meus sentimentos, mas o sentido da ocultação, bastava prestar atenção aos detalhes, que estavam estampados no meu semblante. As vezes alguém me perguntava: chorou? Isto porque a situação possibilitava reconhecer, mesmo que, ingenuamente, eu não desejasse demonstrar. Consciente que não devia falar com alguém sobre isso, procurei comigo mesma estabelecer o tempo que precisava para fazer essa mutação.

De todos com quem conversei, que foram poucos, tive uma única impressão: a minha impressão! Esqueça!

Obviamente, ninguém tem resposta pronta para uma coisa dessas. Quero aceitar que todos pensaram em me proteger e que o entendimento dessa "relação" não podia ser outro. Mesmo assim, senti no corpo e no coração o peso da pior solidão.

Tentei analisar os meus argumentos e os dos outros e mesmo à mercê de aspirações, via um fio de vida para esse Querer. Tinha um sentido de desânimo que favorecia o refúgio em busca de liberdade, mas tinha também sentido de vigor na insistência pela palavra.

Este Querer tinha a aparência de um vulcão, porque era impetuoso e oscilava entre perder e ganhar forças. Muitas vezes deixei de usar as redes sociais porque me abatia um sentimento de revolta pelo fato de reconhecer que me dobrava a esse Querer sem o meu devido querer. Residia no entendimento religioso virar a página e saber entender o engano, não como derrota, mas como uma missão para obedecer a Deus.

Foi um tempo de muitas interrogações sobre o mundo dos sonhos, sobre os sonhos sonhados e sobre os sonhos perdidos. A palavra e o tempo que embaraçavam meus pensamentos eram as mesmas que satisfaziam a alma.

PALAVRA E TEMPO

Eu quis tanto te falar
E você não quis escutar.
As palavras adormeceram no tempo e no sentido
Sem ter espaço para ecoar.
Essa é a fórmula para muitos destinos.
Foi a primeira luz de um sonho.
Foi a voz da minha expressão.
Foi o ponto mais alto a que pude subir.
Foi um fim de tarde sem a presença do sol.
Já quase na escuridão
Foi um tempo entre um fio
Que entre os dedos escapou
E por muitas vezes se deslocou.
Foi de repente e foi longo.
E em um neutro se firmou
Foi tempestade de ventos frios
Que a natureza ocultou.
Foi uma nuvem alvoroçada.
Um sentimento mascarado.

No mais absoluto amor.
Foi uma correnteza de emoção.
Foi refúgio e inquietação.
Foi presente e foi passado
Sem laços nem intenção.
Foi, talvez, o meu sonho mais caro,
Foi o meu selo mais raro,
Meu tesouro sem valor.
Foi explosão de inspiração
Com sentido no lirismo
Com efeito de abismo
Um precipício na escuridão.
Foi palavra e foi tempo.
Foi festa no pensamento,
Uma sublime demonstração
Para um querer, um amor e uma paixão

O retrato natural deste Querer é uma sofisticada invenção que guarda em mim muitos segredos. Lavou por vezes minha alma de satisfação e outras de insatisfação, mas quando penso que a presença que me falta é mesma que sufoca essa ilusão, passo a aceitar que tudo que se impõe pelo contrário na nossa vida é uma herança que veio de Deus. Este Querer solitário que de um lado era amor e de outro esquecimento passa a entender seu verdadeiro papel quando transcende do pessoal para o geral. Basta ver a velocidade da vida de um artista em uma rede social, comparada a de uma pessoa comum. Enquanto tenho "meia dúzia de amigos", um artista pode ter milhares de amigos e seguidores. Tem outro detalhe: as massas fanáticas ficam de plantão permanente. Contam até os passos e ai de quem não der uma satisfação!

Eu, com meus pouquíssimos conhecimentos com a tecnologia, somente o suficiente para manter meus contatos, fazer minhas leituras, pesquisas e acompanhar aleatoriamente as redes sociais, o convidei para juntar-se a mim objetivando experimentar do seu exercício artístico. Imaginei poder mergulhar, viver e compreender o significado do seu envolvente mistério, que foi meu motivo para tanto contemplar!

É interessante observar que a fragilidade na comunicação não se deu pelas minhas limitações, mas por um despertar não consensual. As evidências de descompromisso de sentimento e interesse pela forma apática como acompanhava o gosto sério do que postava direcionado para ele, ganhou a particularidade do que é importante, que faz o mundo interior mais bonito.

Não me perder no tempo achado pensando que foi tempo perdido foi o que fiz. Seu mundo não é o meu, no meu mundo nada se perde, tudo se aproveita como lição.

Nesse momento, o passado volta com toda força para que, colocado frente a frente com o presente, se possa resgatar memórias do modelo de comunicação das relações, tais como eram antes de tantas mídias. Quem disse que o novo é necessariamente o melhor? Quão bonito era quando se escrevia cartas à mão e, nelas, a assinalar a síntese da pureza dos sentimentos pela caligrafia, pelo cheiro da tinta e do papel, que faziam aproximar! A verdadeira novidade não está no modo de enviar, mas na maneira de receber.

Para entender onde me situo com relação às tecnologias e aos demais acontecimentos envoltos neste episódio, procurei mostrar, mesmo diante da minha inexperiência, gestos de desprendimentos e bondade.

Tenho clareza que ainda me encontro na fase primária das tecnologias. Com meu pouco aprendizado vou fazendo o meu dia. Como não penso que a salvação do mundo esteja somente nas tecnologias, os pedaços assimiláveis do meu pouco conhecimento, por enquanto, são suficientes. Na minha condição de leiga, quando preciso de ajuda peço a quem tem conhecimento sem nenhum constrangimento.

É impossível deixar de reconhecer sua importância nas nossas vidas. Adotar já é obrigação, porém ainda falta muito no sentido de proteger principalmente os mais vulneráveis com regras sistemáticas e éticas para banir o mau uso. As redes sociais abjugam uma legião de alienados, analfabetos políticos, deficientes cívicos... a disseminar mentiras que prejudicam toda a coletividade.

Na tentativa de transcender do meu simples cotidiano para outro mais adiantado, busquei não adotar tais posturas para prejudicar e/ou infringir. O trabalho na minha construção sempre foi dentro de limites éticos. Avançar sem deslumbramento para não me tornar escrava e não escravizar o outro, é dever.

Recebo críticas dos que vivem no meu entorno sobre as minhas limitações, e isto contribui para mostrar que esse enfrentamento se faz necessário. Nestes passos dados por força da circunstancias padeci a dor de um Querer adverso e a ignorância tecnológica.

Ainda não me dobrei as tecnologias e me faço enraizada em alguns hábitos convencionais. Gosto de dormir em rede, prefiro jantar a lanchar, adoro comidas caseiras, tenho habilidade com artes manuais e não tenho milhões de amigos porque não consigo dar-lhes a atenção merecida.

Ninguém é culpado pelo que não aconteceu. Se houve negligência, falta de respeito, de compreensão, de amor, de solidariedade... Pra mim ficou entendido que o impedimento de manifestar, pela sua condição existencial pública e particular, foi uma escolha. Possivelmente, viu na neutralidade a melhor saída. Manter-se neutro para muitos é ter a certeza de que indiferença não fere, é ter certeza que a falta da palavra é suficiente para o outro calar, é ter certeza que a queda precisa somente de uma mão para ajudar a se levantar.

Para virar a página é necessário entender o engano, não como derrota, mas como uma missão. Entendo que nem tudo na vida tem sentido. Os momentos de manifestação poética, que não permitiram estabelecer um diálogo mais fluido, revelaram novas visões de mundo ao longo desse tempo.

Os diferentes significados sobre um Querer me fizeram ver que, no campo do amor, a condição para viver se assemelha a de um ser vivo: precisa de alimento, de sustância.

Para essa figura "enigmática" escolhi a escrita, porque ela não tem prazo de validade. Ficará para sempre, e ainda que carregado de alguns erros, o que vai permanecer é a essência. Fundamentalmente, com o sentido de gastar mais um pouco das letras e das palavras, escrevi para aqui finalizar:

QUERER! PARA QUE TE QUERO?

Eu queria não querer,
Mais o que não dá para esquecer
Vai, portanto, permanecer
Nas palavras e sentimentos
Como o próprio alimento

Que nutriu este querer!
Ficará mantido na memória,
Ilustrado nas páginas
Desta distinta história,
Que a tropeços e enganos
Conseguiu sobreviver.
Foi um querer que eu não queria,
Que nascia com o dia
E em mim permanecia
Como uma flor num galho seco
À espera de água fria,
Ainda querendo sobreviver!
Foi o querer mais querido,
De todo o mais amado.
Uma história de fascinação,
Uma impressão sobrenatural
Que tomou posse do coração
Como algo essencial!
Foi um deslumbre sem medida
Que provocou dor e ferida
Pelo silêncio descabido.
Concebido por incompreensão,
Foi um equívoco sentimento
Foi sacolejo de corpo e mente.
Foi lágrima cadente
Para marcar a feição
Quase que diariamente.
Foi uma apropriação ilegal,
Isenta de consentimento,
Cheia de mistério e desalento
Para marcar a vida insistentemente
De uma forma desigual.

Foi amor para florescer,
Foi um bem para se querer!
Foi um tesouro cobiçado
Que não passou de uma vontade.
Foi querer só por querer.
Então, Querer, para que te quero,
Se conscientemente você
Nunca foi meu querer?

    Aqui, posso dizer que o produto da palavra me deixou nua por completo. Submeti-me ao desafio de refletir, nas profundezas da alma, um amor desalinhado com o meu universo e com a minha compreensão, mas desconsidero ter sido um fracasso. Foi um presente de Deus para ressignificar o meu eu. Em meio a todos os pontos negativos encontrei a significação de não me entregar ao insucesso, porque a luta não era pela posse, era pela conquista. De uma coisa tenho certeza: só sou possuidora do meu corpo e dos meus sentimentos.

POSFÁCIO

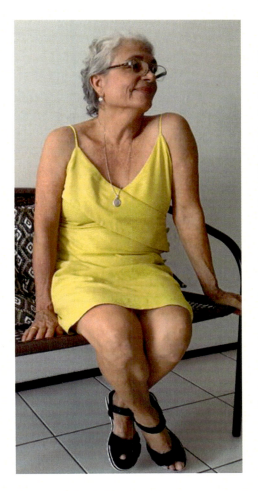

A grandeza de quem cai por amor

A professora que tem por limite o céu, de onde bebeu no azul vibrante até as belezas do estio desolador, exibe em livro o mundo interior do ser que sabe suportar reveses, de quaisquer naturezas, até onde for possível aguentar. É guerreira, é líder, é profissional honrada, é raçuda (determinada, focada), é intrépida... Mas é humana — frágil como a rosa.

A certa altura da existência subitamente vê colorir de cinza, no pano fino da alma, o sentimento avassalador que lhe dói as entranhas, vendo a razão quedar-se inerte e inesperada, desmoronando certezas — chorando lágrimas impensadas, escondidas aos montes. Paixão braba mudou rotas, desfez fortalezas, machucou. A esfinge, transferida do caminho de Tebas para as veredas do coração da menina crescida em Farias Brito, se fez posta: como decifrá-la? Será preciso decifrá-la.

Nascida Maria, a professora, hoje aposentada, buscou forças não se sabe onde para vencer um sentimento indomável e não perder o brilho e a gentileza de sempre. Nas páginas neste livro, abriu o coração até onde pôde, contando verdades sem receios de críticas — minudências só dela.

Por tudo que li, vejo Maria Ferreira ainda maior na sala de aula da vida. Maria, que tive a alegria de conhecer por meio de gente amiga na Doutrina Consoladora. Deste livro, aprendizados imensos sobre a dor enquanto bênção, algo libertador.

Qualquer de nós está sujeito à impermanência da vidinha pacata que supomos levar até os últimos dias. Tudo certo, tudo tranquilo, tudo calmo até aqui. De repente, o coração "vacila" e vêm a inquietação, a excitação, a perplexidade diante do inusitado, roubando-nos a paz. E sofremos. E lamentamos que houvesse acontecido, mas aconteceu. O que fazer? Fazer como a autora: levantar, sacudir a poeira e (tentar) dar a volta por cima, por baixo, pelas laterais.

Uma bela história inconclusa, a nos ensinar, ainda, coisas do interior do Ceará e das almas bonitas na essência. Maria da boa música — do Chico e do Gil, do Gonzagão que conheceu vivo. Maria dos muitos afetos e do amor pela sala de aula, pelo carinho com os alunos, em especial os mais rebeldes e geniais. Maria que não suporta injustiças, hipocrisia, dá o grito contra abusos. Encara com destemor a autoridade constituída sem abrir mão do que é correto.

A poetisa mistura à razão só dela a clareza da lição de vida que ensina a pensar, a descobrir, a fazer o melhor. Ser humano banhado de sertão (dos rios e do xique-xique, da sabiá e da farinhada, do caldo de feijão, dos sonhos e superações), em quatro estações que frutificam já o melhor ensinamento: somos todos a fragilidade mais formosa da criação.

Grato, Maria Ferreira, pelo exemplo, pela obra inspiradora.

Tarcísio Matos
Jornalista